A DOENÇA DE HAGGARD

PATRICK McGRATH

A doença de Haggard

Tradução
Celso Nogueira

COMPANHIA DAS LETRAS

Título original:
Dr. Haggard's disease

Capa
Silvia Ribeiro
sobre *Distortion nº* 68 (1933), foto de André Kertész

Preparação
Cássio de Arantes Leite

Revisão
Cláudia Cantarin
Isabel Jorge Cury

Dados Internacionais de Catalogação na Publicação (CIP)
(Câmara Brasileira do Livro, SP, Brasil)

McGrath, Patrick
A doença de Haggard / Patrick McGrath ; tradução Celso Nogueira. — São Paulo : Companhia das Letras, 2001.

Título original: Dr. Haggard's disease.
ISBN 85-359-0118-3

1. Romance inglês I. Título.

01-1300 CDD-823.91

Índices para catálogo sistemático:
1. Romances : Século 20 : Literatura inglesa 823.91
2. Século 20 : Romances : Literatura inglesa 823.91

[2001]

EDITORA SCHWARCZ LTDA.
Rua Bandeira Paulista 702 cj. 32
04532-002 — São Paulo — SP
Telefone (11) 3846-0801
Fax (11) 3846-0814
www.companhiadasletras.com.br

Para Maria

*We two being one, are it.**
John Donne

* Nós dois em um, e pronto. (N. T.)

Pela imensa ajuda que me deu — médica, psiquiátrica e literária — e não apenas neste livro, como também em *Spyder* —, gostaria de registrar meu amor e gratidão a meu pai, dr. Patrick McGrath.

Eu estava em Elgin, no meu escritório do andar superior, olhando para o mar enquanto pensava num verso de Goethe, pelo que me recordo. A srta. Gregor bateu na porta naquele sábado e disse que um rapaz me aguardava no consultório, um piloto. Você sabe como ela fala. "Um *piloto*, senhorita Gregor?", murmurei. Odeio ser incomodado durante as tardes de sábado, principalmente se Pino anda inquieto, como era o caso naquele dia, mas manquei até a escada e desci, claro. Você conhece o espetáculo patético que é pôr primeiro a perna boa, daí a perna ruim, depois a bengala, perna boa, perna ruim, bengala; assim desci a escada, mais velho do que minha idade, com um tom cinzento caquético na pele emaciada que até para você indicava minha dor, a dor crônica, mas, meu querido rapaz, não era uma dor como a sua, espere só um pouquinho e vamos dar um jeito para que toda ela... vá... embora...

Percorri o corredor, você ouviu o barulho das tábuas do assoalho, e abri a porta do consultório. Sempre cheio de sombras, aquele lugar, por mais claro que fosse o dia, e cheirando a éter, e no canto oposto, ao lado do armário dos medicamentos, uma figura. A figura se virou. Era realmente um piloto, isso eu podia ver claramente, um jovem de cabelos escuros com dezoito ou dezenove anos, vestindo farda azul com asas no lado esquerdo do peito. Você se aproximou, um tanto formal, e estendeu a mão. "Doutor Haggard?", disse.

O que fiz, balancei a cabeça? Suspirei?

"Meu nome é James Vaughan", você disse. Não gaguejou. Disse: "Creio que conheceu minha mãe".

Creio que conheceu minha mãe. Deus do céu, você tem alguma idéia do efeito que tais palavras causaram em mim? Duvido muito. Duvido muito.

Fechei a porta, manquei até a cadeira. Você se acomodou graciosamente na cadeira do outro lado da mesa e cruzou as pernas, não pude deixar de notar o modo como as cruzou, exatamente do mesmo jeito como *ela* sempre cruzava as pernas, pondo um tornozelo perto do outro, apontando o pé para baixo. Eu não ouvia nada, exceto o pulsar do sangue na cabeça e o pio de uma gaivota no penhasco. Tão calmo quanto possível, ofereci-lhe um cigarro, mas fui incapaz de acendê-lo, minhas mãos tremiam. Levantando-se um pouco, você acendeu os dois cigarros com um isqueirinho prateado retangular. "Chá?", perguntei.

"Adoraria." Até a *voz* parecia a dela!

Fui até a porta, pus a cabeça no corredor e chamei a srta. Gregor, que veio da cozinha enxugando a mão no avental. Pedi-lhe chá. Tudo parecia suceder lentamente.

"Vim numa hora imprópria?", você perguntou, suspeitando subitamente que minha inquietude fora provocada pela interrupção de algo importante.

"De modo algum", falei. "Perdoe minha agitação. É que — quero dizer, nunca mais vi sua mãe, desde que..."

A frase sumiu na penumbra do consultório. Não dissemos mais nada e a atrapalhação dos primeiros minutos diminuiu conforme mergulhávamos no imenso mundo calado que preenchia o silêncio entre nós como se fosse um gás. Então nossos olhos se cruzaram por cima da escrivaninha e se fixaram uns nos outros por um instante, bem quando a srta. Gregor girou a maçaneta, empurrou a porta com o traseiro e entrou de costas no consultório com a bandeja de chá. Sorrimos. "Lamento muito, doutor", ela disse, "mas os biscoitos acabaram."

"Puxa vida", falei, sem tirar os olhos de você, "não sei como vamos fazer sem os biscoitos."

"Nunca tem nada em casa aos sábados", resmungou a srta. Gregor, pondo a bandeja sobre a mesa, "por causa do racionamento." Ela fechou a porta delicadamente ao sair.

Você continuou sorrindo enquanto eu levantava a tampa do bule e servia o chá. Imagine, você aqui, o filho *dela*, em *Elgin*! Enquanto servia o leite ergui os olhos e vi que você coçava a perna por cima da calça — o sorriso sumiu, você franziu a testa — e eu tentava lembrar a última vez em que senti a presença dela com tanta intensidade como sentia naquele momento.

Ela já lhe contou que a vi pela primeira vez num enterro? Veja só, nem me lembro de quem era! Quem era o morto, quero dizer. Foi em outubro de 1937, um belo dia ensolarado, o ar de Londres tinha um toque enfumaçado. As folhas caíam das castanheiras ao longo de Jubilee Road, amontoando-se na calçada, entre as cercas de ferro e debaixo dos meus pés, conforme eu seguia apressado. Passara a noite em claro no pronto-socorro, cheguei dez minutos depois do início da cerimônia. Usava terno preto, obviamente, e sobretudo preto. Esgueirei-me até um banco nos fundos da igreja e me sentei, segurando o chapéu (um *hom-*

burg preto), adotando o ar compungido dos que vão a um funeral. Houve um momento de agitação que logo cessou, algumas cabeças se viraram e pronto. Eu trabalhava em St. Basil havia apenas seis semanas, mas reconheci vários médicos, incluindo Vincent Cushing e, no banco à frente, o patologista-chefe. Só o conhecia de vista, não tinha nenhuma opinião sobre ele. Isso logo mudaria, claro; como você sabe, seu pai causaria um profundo impacto em minha vida (Pino continua comigo se alguém quiser provas), embora na época, ali sentado com o chapéu de feltro no colo, olhando para as costas largas negras e a carne rosada da nuca, eu naturalmente não tivesse a menor pista do que aconteceria depois. Mas, eis algo curioso, e tenho pensado nisso com freqüência sem conseguir descobrir o porquê, ainda não cheguei perto de uma explicação — o que foi que atraiu imediatamente minha atenção para a mulher ao lado dele?

Ah, nem preciso descrevê-la para você! Quando cheguei à igreja, a cabeça dela estava entre as que se viraram e acreditei que me ver daquele jeito — ofegante, despenteado e atrasado — a divertiu. Pela primeira vez, por um breve momento, vislumbrei seu sorriso. Caro James, que sorriso! Parecia dizer que nada deveria refrear o espírito, nem mesmo a pompa espectral de um funeral médico! Ela era uma criatura miúda, tinha jeito de menina e estava enrolada num capote preto enorme, com uma raposa em volta do pescoço e um chapeuzinho preto elegante de aba virada para trás. O rosto que aparecia na estola era pálido, em forma de coração, com ossos delicados e sobrancelhas finas como linhas de lápis. Seus olhos surpreendentemente claros tinham um vago brilho úmido; e era impossível não reagir, e eu respondi, devolvi o sorriso, mas teria sido o bastante? O suficiente para inocular o germe em mim? Enterros sempre me afetavam intensamente, o que pode explicar minha reação, pelo menos em parte. No entanto, cativar-me tão profundamente com um sorriso apenas, um sorriso perdido nas costas duras e pretas dos freqüentadores da igreja — é o coração assim impulsivo, um órgão tão inconstante? Talvez seja. Em seguida, quando caminhávamos lentamente do lado de fora da igreja, perdi-a de vista e tampouco a vi depois, no cemitério. Mas houve um momento, quando o caixão era conduzido pelo corredor, em direção ao carro funerário que esperava lá fora, no qual arrisquei um olhar em sua direção, e nossos olhos se cruzaram novamente; creio que se pode dizer que daquele ponto em diante eu estava acabado. Perdido.

Desde aquele dia mudei de uma maneira que o assombraria, creio. O sujeito que você conhece — o homem que me tornei — não passa de um fantasma do homem que viu pela primeira vez sua mãe numa igreja na zona norte de Londres, e trocou olhares com ela, e se apaixonou — aquele homem morreu e no seu lugar ficou só esta, ah, esta sombra manca...

Não se debata, meu caro rapaz. Não lute.

Portanto, sim, conheci sua mãe — muito embora, quando você fez a pergunta sentado no consultório, naquela tarde de sábado, eu não tenha sido capaz de emitir uma só palavra —; a semelhança era tão sinistra! "Sim", respondi depois de algum tempo. "Isso mesmo. Nós nos conhecemos muito bem."

Pausa, silêncio, você me encarava, na expectativa. "Quer um pouco mais de chá?"

"Não, obrigado."

"Mantivemos contato por vários meses", falei, "depois eu me mudei para cá, para perto do mar."

Perto do mar. O mar solitário e o céu. Para cá, para uma minúscula e esquecida estância balneária, para cá eu vim, despedaçado de corpo e alma, para trabalhar como clínico geral.

Aqui achei que poderia encontrar paz e obscuridade, aqui nesta pacata cidadezinha costeira, com esplanada e píer, com o Marine Park Gardens e a apresentação da orquestra municipal, que tocava música clássica ligeira diariamente durante o verão, na hora do almoço. Gosto daqui, é um lugar conveniente para homens alquebrados como eu. Fiquei quieto. As sombras avançaram, a noite se aproximava. Você queria saber muito mais, mas não conseguia fazer as perguntas, era reticente demais ou educado demais para tanto. Por isso, lutava para descobrir um modo, e embora as oportunidades para algumas manobras se apresentassem, era como se algo o repugnasse na tática e você finalmente optou pela franqueza sem rodeios. "Vocês eram amantes?"

Éramos amantes? O que eu poderia lhe dizer? Afinal de contas, você era filho dela e eu percebi de repente a extrema delicadeza do momento, o que eu dissesse em seguida influenciaria profundamente a natureza e o curso de nosso relacionamento. Seria melhor contar a verdade e despertar — o quê? A raiva de uma criança que vê a família desunida e põe a culpa no intruso? Mas se eu lhe mentisse ou atenuasse as implicações do caso, não seria ainda pior? Eu não desperdiçaria nenhuma chance de ganhar sua confiança. E queria sua confiança, pois queria ouvi-lo falar dela, assim como você queria me ouvir; queríamos a mesma coisa, embora precisássemos de algum tempo para confessar isso um ao outro, daí nosso constrangimento. Mas havia mais, havia a semelhança assustadora que me deu uma sensação um tanto apavorante naquela primeira conversa: se eu deixasse minha imaginação correr solta seria *ela* quem estaria comigo naquela sala mal iluminada — e, realmente, depois que você se foi, e escureceu de vez (passei horas no consultório), poderia jurar que ela estivera ali, a mesma aura que eu conhecia de Jubilee Road pairava no local. Então, essa idéia de que através de você eu poderia vislumbrar parte dela novamente levou ao medo desesperador de você desaparecer e me deixar duplamente abandonado. "Amei sua mãe", falei. "Ela era a mulher mais fascinante que já conheci." (Não confessei que ainda a amava.) Você balançou a cabeça. Parecia satisfeito com aquilo. Deu a impressão de que lhe bastava, pelo momento.

Conversamos a seguir sobre assuntos variados, o que me agradou; permitiu-nos ficar mais à vontade. Falamos da guerra, lembro-me de você dizer, a certa altura, "Bem, mas a gente sempre acaba ganhando, não é mesmo?". Lembro-me de ter pensado que um otimismo assim entusiástico era provavelmente necessário a um piloto de Spitfire. Lamento, mas não posso compartilhar isso.

Você se levantou para ir embora depois de meia hora, se tanto, e eu o acompanhei até a porta. Parou no degrau da entrada e se virou num impulso aparentemente repentino para dizer, "Posso voltar para visitá-lo outra vez?".

"Claro", falei — uma onda de regozijo e alívio — "será sempre bem-vindo." Um rápido aceno de gratidão e você saiu caminhando pelo passeio, uma figura miúda animada em seu elegante uniforme azul, observei-o até desaparecer de vista na curva da estrada. Permaneci ali por mais um momento. Escurecia, os estorninhos juntavam-se nas árvores próximas ao muro, no final do passeio, iniciando seu coro vespertino. Desci do alpendre e segui um pouco pelo caminho, virei-me e olhei Elgin contra a luz do entardecer.

Eu havia adquirido a casa no outono de 1938, poucos meses depois do final do caso, e a crise de Munique chegava ao auge. Estava muito mal na época, pior do que nunca, deprimido, estagnado, sofrendo dores físicas intensas; sentia o mundo como se fosse um espelho distorcido no qual eu identificava somente meu próprio reflexo: o inexorável impulso rumo à guerra — um mero eco de minha desintegração iminente. Elgin mudou aquilo tudo. Me deu forças para agir. Na primeira vez em que a vi, recordo-me bem, fiquei parado no passeio, observando deslumbrado os cumes do telhado íngreme, as chaminés altas, as muitas janelas altas e estreitas, com arcadas pontiagudas e caixilhos esbeltos chumbados à parede. A pedra estava manchada de sal e a tinta descascava, revelando a estrutura de madeira fustigada e rachada pelo tempo. Na frente, a grama chegava à altura do joelho, faltava podar as sebes, nos canteiros de flores predominava o mato, de forma que um ar de abandono, quase decrepitude, pairava no local. Nada disso, porém, pôde diminuir o impacto que me causou, nem por um momento: havia algo de monumental naquela casa, algo maciço, mas ao mesmo tempo ela *flutuava* — os arcos, as cumeeiras, o telhado fortemente inclinado e as chaminés esguias —; tudo puxava o olhar para cima, e ao fazê-lo provocava uma *explosão* de idéias e sentimentos dentro de mim. Era uma casa romântica, uma casa profundamente romântica, que não transmitia tranqüilidade, nada disso, aquela casa tinha a inquietude do coração instável e turbulento; a localização ampliava imensuravelmente seu poder. Elgin situava-se próxima à beirada do penhasco que descia na vertical por mais de trinta metros até as rochas negras e o mar revolto.

Rochas negras e mar revolto... Quantas horas passei em Elgin, sonhando com sua mãe? O espírito dela com freqüência parecia possuir mais a casa do que eu, como se eu houvesse assombrado o local com minhas lembranças dela. E eu a assombrei com minhas lembranças — um museu de nostalgia, foi nisso que transformei Elgin, embora na época acreditasse que ali eu seria capaz de esquecer. Como se o coração fosse capaz de esquecer. Era isso que passava pela minha mente naquele dia, enquanto lentamente eu subia pelo caminho até o alpendre, cujo telhado era íngreme e pontudo como todos em Elgin, para bater na porta. Silêncio. Bati novamente (nunca lhe contei isso) e com um suspiro audível e um ranger de dobradiças enferrujadas e encaixes inchados a porta se abriu, revelando um senhor idoso de pantufas e robe que piscava na escuridão, ofuscado pela luz do dia. A cabeça mortalmente pálida era quase calva, e ele me examinava com olhos turvos enquanto levava com dedos trêmulos um cigarro aos lábios exangues. Aquele era Peter Martin. "Pois não?", murmurou. Apresentei-me, mencionando que havia marcado hora. Ele pareceu um tanto surpreso, mas me conduziu até o consultório mesmo assim. "Então, qual é o problema, doutor Haggard?"

O consultório era o primeiro cômodo adjacente ao saguão revestido de lambris escuros na parte da frente da casa; uma passagem conduzia aos fundos; uma escada entalhada, aos pisos superiores. O lugar me fez lembrar do consultório ao qual meu pai me levara quando eu era menino e passei mal — o divã para exames, os armários de portas envidraçadas cheios de remédios e apetrechos, o biombo atrás do qual os pacientes se despiam — meu caro, você mesmo tirou a roupa atrás daquele biombo! E, como no consultório médico de minha infância, havia duas portas, uma que dava para o saguão e a parte íntima da casa, outra que levava à sala de espera.

Pobre coitado. Percebi logo que se esquecera de nosso encontro e presumira que eu era um paciente — uma suposição compreensível, tendo em vista a perna manca, a bengala e minha condição geral. Corrigi o equívoco e ele me mostrou a casa: foi como se eu tivesse entrado na casa em que nasci. Móveis estofados em veludo, relógios e ornamentos em cima da lareira, pesadas cortinas rendadas em todas as janelas. Enquanto passeávamos pelos diversos aposentos ele me falou a respeito da srta. Gregor e disse que esperava que eu mantivesse seus serviços. No andar superior havia vários quartos fechados, com a mobília coberta e teias de aranha nos cantos. Foi então que comecei a ver como seria tudo quando eu me instalasse. "Sabe, mandei o jardineiro embora", ele disse, quando paramos no segundo andar, perto da escada, na janela que dava para os fundos da casa, um matagal cheio de ervas daninhas e arbustos, com outros canteiros descuidados e o mar ao fundo. "Aposto, porém, que você vai cuidar disso."

"Sem dúvida", falei. Ora, eu não me importava com canteiros de flores nem nada — só queria a casa! Fiz algumas perguntas sobre a clientela, perguntei quanto poderia ganhar, internações no hospital local e tipo de paciente. Gente idosa, em geral, ele disse.

"Um número razoável de casos de câncer, presumo."

"Razoável."

Perguntei então quanto ele queria por tudo, Elgin inclusive. "Hugh Fig não lhe disse?", murmurou.

"Não."

Sentamo-nos no quintal dos fundos, em gastas poltronas brancas de vime, e falamos de medicina, éramos dois médicos tomando um drinque. Ele me contou algumas histórias de sua experiência clínica, casos antigos que normalmente terminavam com a frase: "Infelizmente o perdi. Não dava para fazer mais nada". Contive com dificuldade minha excitação. Compreendi que se tratava de uma comunidade de pessoas frágeis e idosas, que haviam se mudado para o litoral para morrer, e, enquanto o velho descrevia detalhadamente um caso terrível de febre reumática que tratara no inverno anterior, ocorreu-me que nos últimos quarenta anos os doentes do distrito recorreram a ele em busca do apoio e do conforto que um médico deve dar depois de esgotar todos os recursos técnicos. Não era a ciência da medicina, era a sua arte, e disse isso a Peter Martin. Ele avançou com a cadeira de rodas e me encarou atentamente com olhos cansados. "Tem família, doutor Haggard?", disse ele.

"Não. Meu pai morreu quando eu cursava medicina; minha mãe, quando eu era pequeno."

"Não é casado?"

"Não."

"Ah." Ele afundou novamente na poltrona. "E aí", ele disse, encerrando o caso das válvulas cardíacas, "eu a perdi. Nunca tive sorte com febre reumática."

Chegou a hora de ir embora sem que tivéssemos discutido o preço, ou mesmo se estava disposto a vender a casa para mim, embora desse a impressão de que estava. "Ah, converse com Hugh Fig", disse, quando meu táxi surgiu na curva do acesso. "Ele vai providenciar tudo."

Agradeci calorosamente.

"Por nada, doutor", ele disse. "Para mim não dá mais, estou muito velho. Minha mulher morreu há dez anos; depois disso nunca mais vi graça em nada." Voltando para dentro, ele fechou a porta.

Hugh Fig realmente providenciou tudo e logo fechamos o negócio. Meu humor continuou excelente. Conheci a srta. Gregor e dei mais uma olhada na casa, dessa vez com plena certeza de que era minha. Consegui pensar sobriamente na escolha do quarto no qual dormiria, onde leria, e imaginei os finais de noite em Elgin, horas calmas passadas ouvindo música com um livro no colo — tudo seria agradável naquela casa enorme e quieta! Imaginei como ficariam meus quadros nas paredes, onde os livros estariam melhor e por aí afora — atividade gostosa essa, de se inscrever num lugar assim, feito uma folha em branco. Elgin, decidi, seria uma expressão da minha personalidade, ou melhor, da personalidade que eu reconstruiria ali; pois eu havia sido despedaçado, quebrado em corpo e alma; precisava de um refúgio para me recuperar.

Combinamos a data de entrega da casa e pude providenciar a remoção de meus pertences para Griffin Head. No princípio do outono, chegou o dia em que parei no meu quarto de Jubilee Road e o examinei pela última vez, o quarto que testemunhara tanta alegria e, recentemente, tanta dor. Estantes vazias, paredes sem quadros. Uma mala solitária aguardava, à porta. Apoiada nela, minha bengala de aleijado. Senti a última pontada causada pela perda, reprimi-a e saí. Estava pegando prática em reprimir a dor da perda. No final da escada dei adeus e uma nota de cinco a Desmond Kelly. Ele me agradeceu entusiasticamente. "Volte aqui qualquer dia, doutor, venha ver a gente", disse.

"Vai ser difícil", falei. "Duvido muito."

Cheguei a Elgin durante a tarde. Ainda havia muito a fazer: caixotes fechados, livros espalhados, quadros para pendurar. Isso tudo podia esperar. Manquei pela casa deserta, saindo pelos fundos. O mar estava agitado e o sol iniciara sua descida rumo ao horizonte. Segui pelo caminho do quintal, golpeando o mato com a bengala. Atravessei o portão no final do terreno e peguei a trilha para a beirada do penhasco, onde uma escada abrupta de madeira descia precária e perigosamente até a prainha de calhau. A maré subia; as ondas espumavam e batiam nas rochas negras ao pé do despenhadeiro para depois recuar com um som sibilante, levando consigo algas marinhas, pedaços de pau e outros detritos encharcados. A brisa soprava fresca e salgada em meu rosto, trazendo os pios das gaivotas no píer, que estava fora do alcance da vista, oculto atrás de uma projeção rochosa cerca de cem metros adiante. Fiquei um pouco por ali, respirando o saudável ar marítimo, ainda desfrutando uma intensa sensação de bem-estar.

Passados alguns minutos, resolvi descer a escadaria de madeira até a praia. Segurei o corrimão e dei o primeiro passo para baixo, mas senti uma pontada aguda de Pino que me fez soluçar de dor e desistir da idéia, e em vez disso voltei para casa com grande desconforto, entrei e fui direto para o consultório. Ali tirei o casaco, soltei a abotoadura e me preparei para aliviar a dor; um momento depois inundou-me a familiar sensação de paz e Pino se recolheu.

Foi uma estranha aventura, algo sobrenatural, a primeira noite em Elgin. O céu estava claro e a lua baixa espalhava sobre a superfície quase imóvel do mar sua luz amarelada. Fiquei à janela do quarto de cima, nos fundos, contemplando o horizonte durante alguns minutos. A morfina silenciara Pino, substituíra sua agonia pelo calor vital envolvente que parecia sempre me acalmar, permitindo o despertar dos sentidos, que logo se ligaram na miríade de sons fracos que me rodeavam quase imperceptíveis, estalos e farfalhares, suspiros e sussurros do madeiramento e encanamento de uma casa antiga. Ocorreu-me que Elgin começava a respirar — foi uma sensação estranha, extraordinária, embora curiosamente estimulante, a de que uma coisa antiga, maciça, que passara anos inerte e dormente, voltava à vida, despertava. Coxeei de um quarto a outro, num estado algo excitado, acreditando, entende, ter sido eu, Edward Haggard, quem dera a centelha capaz de animar a estrutura através da qual eu me movia agora!

Só senti que conseguiria dormir perto do amanhecer. Havia saído pelos fundos outra vez, cruzando o quintal para chegar até o penhasco, ainda que dessa vez sem tentar descer. Olhei para as ondas que quebravam nas pedras brilhantes e úmidas ao luar, enfeitadas de reluzentes algas marinhas negras e bulbosas. Virei-me e observei Elgin pela primeira vez à noite, dos fundos — e senti novamente aquela sensação de grandeza elevada, no movimento para o alto da estrutura, nas cumeeiras pontudas e nas chaminés finas, no luar que escorria pelo telhado de ardósia — eu havia deixado todas as luzes acesas, e a casa brilhava como um farol contra o céu noturno. Um farol: por muito tempo eu fora uma embarcação à deriva no mar escuro e vazio, e ela, a única estrela que eu tinha para me guiar.

Ah, por onde começar? Caro James, as poucas e curtas semanas que tivemos — a memória tem essa capacidade, pode fornecer seu material com notável *velocidade* —, uma tragédia recordada num piscar de olhos, uma vida inteira numa garrafa de gim. Em poucos segundos — tudo isso: meu relacionamento com sua mãe; o final; a conseqüência; você — e, talvez o mais estranho de tudo, o que aconteceu depois que nos conhecemos, meus esforços para ajudá-lo — tudo isso presente vividamente para mim *neste momento*. A morfina ajuda, a morfina estimula a memória, exibe ao olhar interior imensas paisagens da experiência, vida vivida, vida sentida num instante, precisa em cada detalhe. Você se surpreenderia se lhe dissesse o quanto ansiava pelo nosso próximo encontro. Ou não, quem sabe — sei que desejava falar mais a respeito de sua mãe, pois o ponto a que chegamos no primeiro encontro foi apenas de introdução ao assunto, uma quebra do gelo, nada mais. Bastou para você saber naquele sábado que eu a amava. O resto viria mais tarde. Quanto a mim, senti que devia permitir-lhe ditar o ritmo do desenvolvimento de nossa intimidade. Você era mais jovem, menos seguro de si no território emocionalmente frágil que estávamos a ponto de explorar — sim, éramos exploradores no início da jornada, e você, concluí, deveria determinar o passo. Pelo menos no início.

Você telefonou alguns dias depois. A srta. Gregor fazia a faxina de primavera, lembro-me, pois após conversar com você deixei Elgin para as visitas vespertinas, e ao subir no carro vi quando ela abriu a janela de um dos quartos do último andar, que passaram o inverno inteiro fechados, e o gesto tocou diretamente meu sentimento: meu coração era um quarto mofado, fechado havia muito, no qual o ar fresco começava a soprar agora.

Você veio me visitar depois do jantar, naquela noite. Estava reticente, mas não exibia a reticência de um caráter fraco ou inseguro, nada disso. Senti que no fundo seu caráter se desenvolvera com firmeza. Havia autoridade, claro, esperança também e uma coragem muda — tudo o que eu havia perdido, desde Pino. Embora você permanecesse em silêncio e corasse com facilidade, havia ao mesmo tempo uma segurança no modo como se movimentava ao cruzar a sala, no modo como se sentava na poltrona e, particularmente, no modo como falava a respeito daquilo que conhecia melhor, voar. Ao mesmo tempo, porém, você era tão *jovem*! Cabelo preto revolto, olhos límpidos e penetrantes, pele alva, lábios vermelhos, cabeça pequena finamente estruturada — ainda era, em muitos aspectos, um menino. Não o levei para o consultório, mas para cima, até meu escritório, onde você se acomodou numa poltrona, depois de olhar o céu de um modo superficial, de aviador (a tarde cedia rapidamente o lugar à noite), alisando o tecido da calça do uniforme enquanto eu servia um copo de cerveja. "Algo interessante hoje?", murmurei, de costas para você, de frente para a bandeja das bebidas ao lado da porta; virei a cabeça para espiar e vi que você dava de ombros. "Nada de mais", disse ao franzir a testa e remover um fiapo do joelho.

Posteriormente eu aprenderia o significado das sobrancelhas erguidas e da resposta rápida, para encerrar a conversa: queria dizer que o esquadrão perdera um piloto. Nos primeiros meses de guerra, tal perda ainda era novidade; mesmo assim, nenhum de vocês faria um drama a respeito. "Coitado do Johnny", você poderia dizer, "chegou a vez dele" — e pronto. Duvido que pudessem se dar ao luxo de demonstrações emotivas maiores do que essas — um sujeito em luto perpétuo não vale muito pilotando um Spitfire, posso perceber.

Sentei-me, observei você por um momento e resolvi fazer a pergunta que me intrigava desde sua primeira aparição no consultório. "James", falei, entretido com o cigarro para tirar o peso da questão — "por que veio aqui?"

"A Elgin, quer dizer?"

Fiz que sim.

Você aproximou as sobrancelhas finas e escuras, franzindo com delicadeza o cenho — quantas vezes a vi franzir o cenho exatamente desse modo! —, e por um segundo ou dois virou a cabeça para olhar pela janela no canto mais distante do consultório. "Você amava minha mãe", disse.

Novamente, concordei em silêncio.

"E conheceu meu pai."

"Sim."

"Nunca fomos próximos", você disse — ah, nisso eu podia acreditar facilmente! — e fez uma pausa; não estava sendo fácil falar.

"Prossiga", murmurei.

"Minha mãe jamais me escondeu que era infeliz."

Eu já sabia disso tudo.

"Muitas vezes, escutei as brigas entre eles. Ouvi seu nome. Perguntei quem você era, mas ela não quis contar."

Dava para imaginar a cena muito bem — podia vê-la cruzando a sala, segurando o rosto atormentado do filho entre as mãos, dizendo, "Ora, querido, você não deve fazer esse tipo de pergunta" — pois havia dito as mesmas palavras para mim!

"Quando ela adoeceu, tive a impressão de que de certo modo tudo se relacionava. Nunca consegui tocar no assunto com meu pai." Nova pausa. "Lamento, doutor, não sei bem o que estou tentando dizer. Sinto que ela partiu sem dar adeus, suponho — acha isso absurdo?"

Ah, o modo como você me olhou naquele momento, numa agonia perplexa e ao mesmo tempo resoluto, destemido — você queria entender, mesmo correndo o risco de parecer idiota, mesmo que fosse doloroso. Era incapaz de dissimular, o que me encantou e comoveu; percebi que teria a responsabilidade de aliviar aquela incerteza, aquela sensação de haver algo incompleto.

"Fui admitido no esquadrão há poucas semanas", você disse, "e por puro acaso soube que havia um doutor Haggard clinicando na região. Um golpe de sorte, realmente."

Você sorriu.

"Realmente, um golpe de sorte", falei. "Mas, diga-me, de que modo 'tudo se relacionava', em sua opinião? Com o que a doença dela se relacionava?"

Silêncio. "Não sei", você falou, finalmente. "Relacionava-se com o ambiente em casa. Com as discussões. Com a irritação permanente de meu pai. Tive a impressão de que ela estava sendo punida."

Comecei a compreender. "A doença não é uma forma de castigo", falei, gentilmente. "Não é um sinal de fraqueza moral."

"Eu sei."

Você suspirou, o que partiu meu coração. Vi um sofrimento enorme naquele suspiro. “Sei disso”, você falou, “mas por que ainda me sinto tão mal a respeito?”

Eu tinha uma idéia da razão para seu profundo mal-estar, mas não a revelei. Teria de tratar o caso com muito tato e delicadeza, concluí. Chegara a hora de lhe dar o que seu pai jamais poderia ter dado, uma noção do cenário de nosso caso.

Na época, como já contei, eu morava num apartamento pequeno em um casarão a cerca de um quilômetro e meio do hospital, em Jubilee Road, uma daquelas melancólicas ruas compridas do norte de Londres, com suas casas altas e escuras cujas janelas, ao crepúsculo, sem cortinas nem luzes, fazem com que pareçam vazias e assombradas. A porta da frente, cinco ou seis degraus acima da calçada, protegida por cercas altas de ferro terminadas em lanças pontiagudas, exibia painéis de vidro colorido e dava para um corredor escuro, dominado por um aparador que mais parecia um cadafalso. No final do corredor, a escada revestida por carpete puído conduzia às áreas superiores, sempre escuras. Eu ocupava um apartamento amplo na frente, de pé-direito alto, no segundo andar. Dava para a rua, tinha lareira encimada por uma plataforma de mármore e um espelho enorme. As prateleiras cheias de livros de medicina e poesia escondiam o papel de parede floral desbotado, aqui e ali encoberto por quadros de paisagens e crepúsculos que eu colecionava desde os tempos de estudante. Além das duas poltronas na frente da lareira e da mesa de trabalho, isso era tudo. O quarto minúsculo era quase totalmente ocupado pela cama enorme, antiga, barulhenta; o banheiro ficava no corredor e eu o compartilhava com os outros ocupantes do andar. Via-os raramente, porém, pois trabalhava em horários incomuns.

Eu era um tipo inusitado de residente em cirurgia, suponho. Meu pai havia sido pastor numa pequena paróquia de Dorset e esperava que eu abraçasse a carreira eclesiástica, como ele. Eu tinha todos os traços de um certo tipo de religioso — intensamente solitário, muito preocupado com a metafísica, apaixonadamente interessado em poesia — e sem dúvida administraria meu próprio rebanho, caso escolhesse a religião. Mas foi precisamente para compensar o que considerava tendências pouco práticas de minha personalidade e fazer algum bem *real* no mundo que decidi cursar medicina. Depois de Oxford obtive minha graduação em ciências médicas e fui aceito na equipe de St. Basil enquanto fazia o doutorado. Dava plantões de trinta e seis horas por quarenta e oito de folga, passava noites em claro fazendo internações, assistia operações até o final da tarde. Não vou mentir dizendo que era feliz. Começara a me dar conta de que não servia para ser cirurgião e tinha motivos para pensar que meu chefe, Vincent Cushing, com quem trabalhava desde o começo de agosto, estava chegando à mesma conclusão.

Minha nossa, mas que sujeito duro, rígido, você chegou a conhecê-lo? Era como seu pai. Não tinha a menor compaixão por aqueles que eram menos dotados que ele, e tratava a cirurgia como se fosse um setor da mecânica, o que o tornava uma pessoa com quem era muito difícil trabalhar. As operações eram realizadas no terceiro andar, no final de um corredor de azulejos brancos, atrás das portas de vaivém. Na ante-sala nos lavávamos para a cirurgia, o que exigia três minutos com uma escova dura nas costas da mão, palmas, entre os dedos, antebraços até os cotovelos, o que sempre me deixava em carne viva. Nunca tive problemas durante as operações mais simples, quando era um dos dois ou três médicos responsáveis e conseguia me posicionar diretamente sobre a incisão com uma visão desimpedida do paciente. Na verdade, gostava de remover vesículas biliares e de outras cirurgias do mesmo nível. Odiava os procedimentos complicados, nos quais cinco ou seis médicos atuavam e eu ficava com a traiçoeira tarefa de segurar os afastadores, que mantinham os tecidos separados enquanto o cirurgião operava.

Certa manhã eu estava absolutamente exausto, pois passara a noite inteira na emergência, e auxiliava Cushing numa operação. Embora estivesse a apenas um braço de distância do corte, não podia vê-lo claramente por causa da muralha de costas brancas debruçadas sobre o paciente na mesa, sob um par de luzes circulares fortes. O procedimento era demorado, a sala estava quente, a atmosfera, tensa. Depois de uma hora tudo começou a embaçar — suponho que tenha devaneado um pouco. De repente, ouvi um grito. "Mais retração!", Cushing rugiu, e fui abruptamente devolvido ao presente. Aumentei a retração. "Agora foi demais!", ele gritou. "Quem está aí? Haggard? Acorde, rapaz." O paciente estava sob efeito de anestesia geral e Cushing procurava um sangramento profundo na barriga. "Aumente o maldito afastador", ele gritou, "não consigo ver o que estou fazendo. Não, não, não, não, você está aumentando com muita força de novo, vai romper o baço dele. Meu Deus, que tipo de idiota me mandam atualmente?" Meu rosto por trás da máscara queimava de humilhação; olhos impassíveis me fitavam em rostos cobertos por máscaras brancas. Relaxei os joelhos, respirei várias vezes, rapidamente, bati o pé direito no chão para forçar a circulação e me manter em pé e acordado; felizmente não cometi outros deslizes.

Mais tarde, no lavatório, Cushing me olhou mal-humorado enquanto enxugava as mãos. Era um sujeito forte, atarracado, impaciente, que assobiava trechos das grandes óperas enquanto trabalhava. "Qual é o problema, doutor", ele disse, "anda com o sono atrasado?"

"Para ser franco, sim, senhor", falei. Eu estava abotoando o jaleco branco para descer à enfermaria.

"Acho bom ir se acostumando. A medicina exige disposição física. Isso o surpreende?"

"Já sabia disso", falei. Puxa vida, eu havia passado a noite em claro!

"Acho bom mesmo, doutor", Cushing disparou. "Caso contrário, não irá muito longe."

"Se eu estivesse vendo o que se passava", retruquei, "teria feito a minha parte."

"Não discuta comigo, doutor Haggard! Vai ter de aprender a ficar dias sem dormir e a desempenhar suas tarefas com competência. Fui claro?"

"Sim, senhor."

"Ótimo. Se não for capaz de agir assim, não sobreviverá. E corte o cabelo, doutor!" Dizendo isso, ele atirou a toalha no cesto e saiu.

Mas o pior eram as noites. Exausto, eu anotava o histórico de cada paciente que chegava, fazia o exame clínico, a contagem de glóbulos brancos e vermelhos e hemoglobina, tudo isso no reduzido espaço bolorento do laboratório situado no fundo da enfermaria, sempre fedendo a urina e a produtos químicos. Curvado sobre uma bancada gasta e manchada, eu acendia o bico de Bunsen preso ao antiquado bujão de gás por um tubo de borracha apodrecido e fervia a urina cuidadosamente na chama até que uma nuvem de proteína aparecia. Os tubos de ensaio rachavam com o calor, a urina escorria e depois, vertendo lágrimas de raiva e frustração, eu tinha de pôr mais urina em um novo tubo e recomeçar tudo. Minhas costas doíam das horas passadas debruçado sobre um leito, uma maca, uma mesa de operações, uma bancada de laboratório. Quando o plantão finalmente acabava, eu cambaleava de volta a Jubilee Road, caía na cama e pegava no sono imediatamente, embora às vezes estivesse exausto demais até para dormir, passando horas deitado ali no escuro a me perguntar: por quê? Por que tanta dor, tanta náusea, qual é o *sentido*? Naqueles momentos a medicina parecia tão fútil quanto a própria vida, pois se todos os esforços de uma pessoa se revelavam desprezíveis perante um volume de sofrimento humano que crescia continuamente, então seria difícil resistir à conclusão de que vivíamos num universo aleatório sem deus, e nós, meros inquilinos, apenas a registrar as sensações, especificamente a dor.

Tais circunstâncias seriam pouco propícias a um caso amoroso, mesmo que a idéia me tivesse passado pela cabeça, o que não ocorreu, claro — eu estava sempre trabalhando, e quanto a sua mãe, ela era uma mulher casada, e não somente casada, mas casada com o patologista-chefe, mãe de um rapaz de dezesseis anos! Mas, por um capricho da sorte, nós dois nos encontraríamos novamente em pouco tempo. Seria na casa de Cushing; e suponho que se possa dizer que tudo começou lá, propriamente.

O que ela havia *feito*? — era o que eu me perguntava em pé na frente do espelho da porta do guarda-roupa em Jubilee Road. Cushing chamara seus residentes para jantar, o patologista-chefe e a esposa estavam entre os convidados, pelo que soube. Eu pouco pensara na mulher que vira no enterro até aquele momento, na possibilidade de conhecê-la pessoalmente, e senti um arrepio de expectativa tão visceral que comecei a suar na mão e me atrapalhei com o botão do colarinho. Não tinha a menor idéia do que ia acontecer, claro — no fundo de mim tudo era ainda incipiente, pouco mais do que uma turbulência pressentida nas profundezas. Mas havia algo, eu sabia que havia algo, e a imagem que guardei do momento em que ela ergueu o queixo ao virar a cabeça na igreja naquela tarde, cruzou o olhar com o meu e *sorriu* — essa imagem voltou completa e vívida, despertando uma emoção poderosa que eu relutava em definir.

Saí de casa pouco depois das sete e meia, usando um terno escuro elegante acompanhado de um cachecol enrolado displicentemente no pescoço, e fui a pé de Jubilee Road até a casa de Cushing. Era uma noite úmida, ventava, precisei usar o guarda-chuva. Claro, isso aconteceu antes de Pino, desfrutei o passeio pelas longas ruas lúgubres de casas altas e escuras, com suas janelas vazias, assombradas; sentia-me inquieto, estranhamente excitado. Já conhecia Daphne Cushing. Ela me cumprimentou efusivamente, no vestíbulo. "Sabia que você chegaria no momento exato", disse, conduzindo-me pelo braço sala adentro. "Vamos, tome alguma coisa. Calculo que conheça todo mundo, só vem gente de Saint Basil esta noite." Na sala imensa havia móveis escuros. Cortinas sombrias cobriam as janelas. Na lareira crepitavam longas labaredas saídas de um monte sólido de carvão mineral. "Olá, Haggard", Cushing disse, parecendo um pequeno projétil lustroso no *smoking* ao se afastar da roda de médicos e mulheres de vestido longo, "alegro-me que tenha vindo. Alguém lhe ofereceu uma bebida?" No gramofone tocava Wagner.

Meus olhos a buscaram e a encontraram instantaneamente. Ela me reconheceu. Usava um vestido de noite de cetim perolado, cortado de viés, que se ajustava como uma luva a sua forma esguia. Afastou-se do sujeito com quem conversava quando Daphne me levou para perto dela. "Fanny, já conhece Edward Haggard? Ele é o novo residente de Vincent."

"Não", ela disse numa voz nebulosa e aveludada, "ainda não tive o prazer."

* * *

Naquela noite, caro James, sua mãe conquistou meu coração impiedosamente — sem luta. Nos primeiros momentos duvido que tenha sido muito articulado, nunca sou quando me excito, acabo sendo formal demais, mas ela foi compreensiva. Coquetel numa das mãos, cigarro na outra, empinou o queixo e me perguntou, maliciosa, se eu costumava desrespeitar os mortos. Como você, sou um homem pequeno, e logo me dei conta de que a diferença entre nós dois não passava de três centímetros. Daphne Cushing, sem suspeitar de nada, afastou-se para cuidar dos canapés. "Duvido que o morto tenha se importado", falei. Ela sorriu aquele sorriso do qual me lembro sempre, zombeteiramente lascivo, cúmplice, antes de apagar o cigarro no cinzeiro grande de prata sobre o pedestal. Conforme se debruçou, o vestido ondulou, refletindo a luz do candelabro, e concluí que era uma mulher realmente adorável — já estava fascinado por ela, a pele perfeita, pálida, a silhueta esguia dentro da fina bainha de cetim. O cabelo preto cortado rente à cabeça reluzia em ondas suaves, sob a luz das velas. Ela se aproximou de mim e disse que sentaríamos lado a lado na mesa de jantar; depois, pousando a mão sobre minha manga, disse: "E não quero conversar sobre medicina, Saint Basil nem nada remotamente relacionado a isso".

Senti seu perfume pela primeira vez.

"Podemos falar sobre arte, futebol, tempo, o que quiser", ela disse. "Contanto que não seja sobre medicina ou hospitais."

Assim, de repente, senti-me à vontade com ela. Considerava tudo chato e entediante, como eu. Um contentamento plácido me inundou. "Infelizmente", protestei de brincadeira, "quase não pensei noutra coisa nas últimas semanas."

"Então precisa começar agora. Você não é um caso completamente perdido."

Minutos depois seguimos para a sala de jantar. Ela caminhava à minha frente, composta e segura, a alça do vestido ajustada ao ombro perfeito. Sentamo-nos lado a lado realmente, e a conversa à mesa girou em torno de assuntos médicos, como ela previra. Mas sua mãe não permitiu que eu escutasse, disse que eu estava ali para entretê-la! Quando perguntou a meu respeito, contei que estava a ponto de concluir meu doutorado. "E depois?", ela quis saber. Tomávamos a sopa.

"Suponho", falei, baixando a colher e limpando os lábios com o guardanapo, "que vá me dedicar à cirurgia. Ou me entregar a uma vida de prazeres."

"Prazeres?", ela disse. Caprichosamente, passou manteiga num pedacinho de pão. Olhou distraída para a ponta da mesa. "Que coisa mais anos vinte de sua parte."

"É?"

"Quero dizer, pensei que o prazer fosse uma idéia fora de moda, em função da época em que vivemos, não acha?" Ela se voltou para mim com as sobrancelhas erguidas e bebeu um gole de vinho.

A gente sempre precisava pensar rápido com sua mãe. Ela se entediava facilmente, passava por mudanças bruscas de humor, era seu jeito de testar as pessoas. Claro, percebi aonde ela queria chegar, pois só se falava em guerra naquele momento. Eu não era otimista. Com nosso império exageradamente extenso e nossa produção industrial declinante, que chances teríamos de vencer uma guerra contra a Alemanha? Exuberante, marcial, comandada com ousadia, a Alemanha. Argumentei assim e acrescentei: "Diga-me, então, uma idéia que não esteja fora de moda".

Ela desviou a vista, aparentemente ponderando a questão. Manteve o cenho cerrado, formando um delicado vinco vertical na pele clara da testa.

"Paixão", ela disse.

"Paixão?" A idéia era praticamente nova para mim! "Eu imaginava que a paixão dizia respeito ao prazer, no mínimo..."

"Ah, não", ela retrucou depressa, "não tem nada a ver com o prazer. A paixão é algo sério. Sei que não a leva a sério, mas um dia aprenderá a responsabilidade que acarreta. É o máximo de que somos capazes, nós, seres humanos civilizados."

Seres humanos civilizados. Como eu estranharia, posteriormente, recordar o período anterior ao momento em que ela disse tais palavras, expressou tal ideal — hoje parece haver uma leveza curiosa nele, como se toda a existência anterior à sua mãe fosse apenas uma forma de flutuar, uma condição fantástica, etérea, pueril que acabou, sim, com a grave responsabilidade da paixão — mas tudo ainda estava por acontecer. "O máximo?", repeti.

"O que haveria de melhor?"

"Mas a paixão sempre morre", falei.

"Falando feito um médico", ela disse, enquanto retiravam nossos pratos. "Para vocês, a paixão é uma doença. Causa sofrimento, conduz a uma crise e mata."

Ela se virou para mim com aquele sorriso maroto e se debruçou sobre a chama do fósforo que eu riscara para acender seu cigarro. "Diga-me uma coisa", falou com a voz baixa, outra vez soando nebulosa e aveludada, "os cirurgiões dão bons amantes? Invasivos demais, suponho."

"Tente comigo", sussurrei e me arrependi imediatamente — havia tomado vinho demais! Estava excitado! Mas ela não se ofendeu nem um pouco. Encarou-me por um momento e depois soltou uma risada que ecoou como um sino pela sala.

Interrompeu todas as conversas e uma dúzia de rostos se virou para nós. "Vejo que está divertindo minha esposa, doutor Haggard", disse o patologista-chefe, e as conversas foram retomadas.

Contei-lhe tudo isso no escritório, naquela tarde — não com tantas palavras, mas acredito ter passado o essencial. Quando parei de falar, você permaneceu sentado em silêncio, com os cotovelos sobre os joelhos, a cabeça baixa, fitando o chão. Acabou olhando para cima — e fiquei imensamente tocado ao ver seus olhos brilhando, úmidos na luz difusa daquela sala cheia de livros. "Ela era linda, não era?", você murmurou.

"Sim", sussurrei.

Silêncio trêmulo, suave. Depois você se empertigou bruscamente, passou a mão pela mecha de cabelo negro que caíra sobre a testa e me fitou com um sorriso franco e claro. "Obrigado, doutor", você disse. "Sinto-me bem melhor."

Saiu pouco depois, prometendo regressar. Subi de volta ao escritório e passei várias horas na quietude das lembranças despertadas pela conversa daquele final de tarde.

Ah, James. O amor — o amor adulto romântico — no qual comecei a crer é uma atitude, uma devoção passional a um ideal. Sua mãe passou a representar para mim um ideal. Tornou-se a própria encarnação da graça. Graça: manifestava-se em tudo o que havia nela, era o inefável sopro de vida em tudo o que dizia, fazia e sentia — numa palavra, seu espírito, ela possuía *graça espiritual*, seria incapaz da vulgaridade que todo ser humano pode ter, na minha opinião. O corpo adoece, vai mal, fede, apodrece, morre. Eis aí meu trabalho, com as doenças da carne. Passou a ser essencial como a própria vida que eu animasse o espetáculo lamentável da doença e da dor com um sentido que transcendia a mera mortalidade. O amor que eu nutria por sua mãe deu o único vislumbre que já tive da possibilidade de tal sentido, meu único fio de esperança: onde antes havia apenas a obscura face da natureza, com seus imperativos absolutos de doença, sofrimento e morte, agora vigorava a graça. A ironia da minha vida, ou até sua tragédia, foi que só alcancei isso quando já era tarde demais; só então, quando repassei na memória o arco vertiginoso do nosso caso e a terrível brutalidade desesperadora do final, pude compreender plenamente o que significava.

A tragédia da minha vida, portanto: a incapacidade de entender a natureza do amor até que fosse tarde demais. Duvido que tenha realmente começado a me dar conta disso antes de passar o primeiro outono em Elgin, quando os ventos furiosos principiaram a soprar. Estávamos no alto do penhasco, expostos aos elementos, e me lembro do quanto me excitavam, a cada noite, os uivos e lamentos, os súbitos estrondos inexplicáveis, as rajadas poderosas a sacudir janelas e descer sibilando pelas chaminés, achatando o fogo. Por volta das onze eu costumava descer ao consultório para cuidar de Pino, depois subia novamente até o quarto dos fundos, que decidira usar como escritório. Escolhia uma música para tocar no gramofone e parava na frente da janela olhando o mar, esperando que a morfina trouxesse o alívio. Ele vinha, e meu intelecto, como um imenso pássaro preso e amarrado ao solo por muito tempo, alçava vôo e subia, alcançando as alturas, e no vaivém de vagas e vastas idéias eu contemplava o turbulento mar banhado pela lua, sentindo o fluxo firme e familiar da paz que chegava, a benevolência e a serenidade que no curso normal dos eventos raramente experimentava, passando a maior parte do tempo atormentado pela dor. Consegui me compor, superando a agitação, fui capaz de concentrar tudo o que estivera disperso em fragmentos, ver a verdade maior...

Contudo, nem sempre era assim tão pacífico, de modo algum — minha mente preparava armadilhas, certas noites, sobre as quais nunca falei com você. Lembro-me de uma vez, devia ser meia-noite, ou mais tarde, o vento zunia, esgueirando-se através da janela para dentro do escritório, aquele canto escuro de livros e idéias, e meu olhar foi atraído por um pequeno movimento na *parede*, ou assim me pareceu. Os aposentos antigos de cima não haviam sido reformados nos últimos oitenta anos, o reboco era cheio de pequenas teias de fissuras que me agradavam de um modo curioso, fissuras que eu sempre considerara efeito aleatório do envelhecimento natural. Até a noite em que capturei um movimento com o canto do olho, e ao me debruçar para inspecionar a parede descobri, para meu espanto, que as linhas das rachaduras formavam padrões distintos, *figuras* distintas — grupos rebuscados de motivos orgânicos, folhas e gavinhas de trepadeiras em amplos pergaminhos e espirais, aqui e ali figuras bizarras, guirlandas de frutas, crânios, máscaras, cobras, e quanto mais olhava para a parede, acompanhando as linhas emaranhadas e convolutas dos padrões, identificando novos e mais estranhos arabescos semi-ocultos nas curvas e voltas frenéticas, mais crescia minha sensação de desconforto e excitação — as fendas no reboco não eram meros acidentes do tempo, mas *produto de um esforço consciente*. Aquele acúmulo de organicidade elaborada, aqueles arcos e lobos — eles repetiam, me dei conta, o detalhamento da fachada de Elgin, eles também exprimiam o caráter ermo e mutante da casa, sua vitalidade duradoura...

Todavia, pela manhã, quando voltei ao escritório, só encontrei rachaduras aleatórias.

Em outra ocasião eu estava no escritório tarde da noite quando senti, vindo das profundezas das entranhas de Elgin, pareceu-me, um golpe surdo, abafado — *tump!* Escrevia à mesa e levantei a cabeça. Embora soasse abafado, havia naquele golpe um poder enorme — o que seria? Mas, antes que eu pudesse tirar qualquer conclusão, veio outro golpe — e mais um e outro e outro e mais outro —, e continuei ali sentado à mesa, paralisado, em estado de alerta total. A cada *tump!* a casa inteira parecia tremer, as luzes piscavam, e por meio minuto, talvez mais, ele persistia em seu ritmo dosado, firme, que me levou à idéia fixa de estar ouvindo o bater de um coração. Um coração enorme, porém — um coração monstruoso, a bombar e bater através da estrutura trêmula e vacilante em que eu me encontrava. Então, parou. Repentinamente como começara, cessou. Um silêncio — e um som que só posso descrever como um *suspiro* — como se a casa, ou determinado princípio de animação (e respiração) dentro dela estivesse exalando o ar. Foi um suspiro longo que parecia possuir um toque sibilante, uma espécie de silvo, ao expirar. Mas que choque provocou em mim! Passei por um momento de terror, admito, naquela sala escura do andar superior, houve um aumento súbito dos batimentos cardíacos, dilatação dos vasos sangüíneos, comecei a transpirar, percebi a contração do esfíncter. Achei que a casa estava desabando! Pensei que o penhasco inteiro sobre o qual Elgin se erguia desmoronava, que o mar, depois de solapá-lo por anos seguidos — por muitos séculos! —, criara ao cavar um emaranhado tortuoso e complicado de cavernas, grutas submarinas e passagens, debilitando finalmente a própria base de sustentação, que se tornara fraca demais para agüentar o peso, levando o conjunto inteiro, Elgin inclusive, a afundar no oceano! Contudo, tudo ficou quieto novamente, limpei o rosto e as mãos suadas com um lenço e me perguntei, o que foi isso? Um momento de reflexão e entendi: o gerador. Peter Martin havia dito algo a respeito do gerador, entretanto na ocasião eu não prestara atenção, encantado com Elgin propriamente dita.

Na manhã seguinte à provação fiquei tenso e irritadiço, notei sombras profundas sob os olhos e, na pele entre as sobrancelhas e acima delas, uma série de rugas verticais enviesadas, como marcas na casca de um carvalho atingido por um raio. A srta. Gregor foi compreensiva. Serviu meu café da manhã sem nem sequer balançar a xícara de chá, mas eu só quis um cigarro e o jornal. Comentei o barulho com ela, sim, disse, era o gerador. Ia chamar alguém para dar uma olhada nele. Aquela era uma casa velha, era esse o problema. Curiosamente, isso me levava a gostar ainda mais de Elgin. Casas, passei a acreditar, assim como o amor ou como a própria natureza, não deviam tranqüilizar, não deviam tentar apaziguar ou dar conforto; deviam, isso sim, *excitar*.

Mas o mais impressionante, naquelas estranhas noites rumorosas do outono de 1938, para alguém num estado de espírito peculiarmente sensível — e era um estado raro, pois numerosos fatores conspiraram para efetivá-lo —, foi a primeira sensação que tive de uma *presença* dentro de mim; tive consciência, por um período de tempo fugaz, meros minutos talvez, horas no máximo, nunca soube quanto tempo, de uma espécie de luz que queimava em cada uma das células de meu corpo, uma luz que não somente iluminava, mas que de certa forma o constituía, dava-lhe ordem, harmonia, significado e forma — minha alma, numa palavra, meu espírito. O espírito se manifestou, e pela primeira vez eu soube, no sentido fisiológico, ser mais do que a soma de minhas partes: um organismo, sim, mas não só isso, havia espírito vivo nas células, divindade em minha natureza, eu era puro ser, criado à imagem e semelhança de Deus...

Assim eram minhas noites, naquele primeiro outono tumultuado em Elgin; as manhãs transcorriam mais prosaicas. Elgin permitiu que eu agisse — após um período de prostração e inatividade havia resolvido voltar a trabalhar, reviver o senso de dever, de servir, que estivera morrendo gradualmente nas noites intermináveis dos plantões exaustivos em St. Basil. Conhecia medicina hospitalar, tinha noções de cirurgia, mas antes de encontrar Elgin jamais praticara a clínica geral. Peter Martin me orientava. Explicou que a base da clientela era formada por um grupo de pacientes particulares, em geral idosos aposentados, que pagavam um guinéu por visita. Ainda havia uma razoável lista do governo municipal, que me pagava nove xelins anuais por paciente. Ele disse que o principal era dar às pessoas algo para levar embora. Usava um farmacêutico de Brighton para as fórmulas, porém não depositava muita fé em remédios do gênero. "Paliativos, no máximo", disse uma vez, tragando o cigarro antes de cruzar o consultório arrastando os pés, até chegar ao armário de remédio, de onde tirou um frasco cheio de um líquido amarelo. "Mist Explo", explicou, "muito popular." Era um concentrado feito com cristais de ácido pícrico, para ser diluído na base de duas medidas para oito de água e receitado aos pacientes com uma vasta gama de doenças. "Meia coroa por consulta", ele disse. "Dois xelins pelo remédio, dois *pence* pela garrafa."

"Mist Explo?", murmurei, pensando: mas que absurdo, o sujeito é um vigarista.

"A grande maioria das pessoas que virão consultá-lo", ele disse, "a *grande* maioria, doutor, sofre de moléstias perfeitamente curáveis pela própria capacidade de recuperação do organismo. O corpo tem uma incrível capacidade de regeneração, mas precisa ser persuadido."

Continuei cético. "Você verá", ele disse, dando as costas, balançando a cabeça, o casaco sujo de cinzas. Receitava digitalina para problemas cardíacos, mas punha pouca fé nesse remédio também. "Pode prolongar um pouco a vida", disse, contando a história de uma senhora idosa com o coração sobrecarregado e pernas inchadas tão grossas que mal conseguia se mover. "Tomava digitalina três vezes ao dia, com uma garrafa de champanhe."

"E?"

"Morreu. Eu não podia fazer mais nada."

Ele me mostrou os três frascos de aspirina que guardava no consultório. Num deles as pílulas eram verdes, no outro, rosadas, amarelas no terceiro. "Demonstre grande preocupação em escolher a mais eficaz", sugeriu, "embora sejam todas iguais. Somos sacerdotes", prosseguiu, "essa é a nossa função. Transmitir aos pacientes a fé em sua própria capacidade de recuperação. Vamos deixar a natureza fazer seu trabalho."

Natureza. Como se ela não desse passos em falso.

Na primeira manhã de consulta a sala de espera estava quase cheia. Todos se mostravam ansiosos para dar uma olhada no novo médico, ter a doença examinada. Só depois me dei conta de que não fazia parte do trabalho da srta. Gregor orientar a entrada dos pacientes. Peter Martin acostumara-se a pôr a cabeça para fora e dizer aos que o aguardavam: "Quem é o próximo?". Mas ela serviu uma xícara de chá no consultório pouco antes das nove, e sem pensar pedi-lhe que mandasse entrar o primeiro. Ela obedeceu; não queria dificultar as coisas para mim.

O primeiro foi um sujeito robusto de terno xadrez berrante, que suava em profusão. Ele entrou com ar muito confiante, sentou-se pesadamente, debruçou-se por cima da mesa e apertou minha mão. "Bom dia, doutor", disse. "Meu nome é Watkins. Gostaria que aceitasse a mim e a minha família como clientes. Prefiro dizer sem rodeios que eu, assim como muitas outras pessoas, passei por momentos difíceis; na verdade se não fosse pela senhora Watkins eu teria afundado de vez, ela tem sido uma esposa maravilhosa. Posso ter deixado uma conta ou outra para pagar depois, mas isso tudo é passado. Trabalho com sucata e os negócios finalmente começaram a ir bem. A guerra vem aí, sabia? Dentro em breve poderei entrar de cabeça erguida em qualquer lugar, e esclareço que o senhor será pago integralmente e em dia pelos seus serviços. Assim que a conta chegar será paga, prometo. Achei melhor ter uma conversa de homem para homem logo no início, para não fazer com que o senhor perca seu tempo. São as minhas bolas. Elas me causam problemas, só elas. Incham de vez em quando, ficam cheias de água."

Tentei me lembrar de que estava ali para servir. Consultei o prontuário do sujeito e descobri que Peter Martin costumava drenar a hidrocele, um acúmulo de fluido em volta dos testículos. Disse ao sr. Watkins que ele deveria me procurar imediatamente quando tivesse um problema do gênero, para que eu o examinasse. Aparentemente satisfeito em ver que nosso relacionamento se iniciara com o pé direito, ele apertou minha mão com vigor e se retirou.

Atendi vários outros pacientes até a hora do almoço. Abaloume em especial uma jovem desnutrida de lábios descorados e pele clorótica, que me contou sua triste história: filhos demais numa casa minúscula, marido desempregado, deprimido e chegado à bebida. Ela estava perdendo a vontade de viver, percebi claramente. Sofria de anemia profunda, portanto prescrevi ferro, o que não ia resolver nenhum de seus problemas, como nós dois já sabíamos. Entrou outra mulher, com uma inflamação grave na rótula de tanto esfregar o chão. Preparei uma cataplasma de caulim, despejei água fervente sobre ela e enfaixei o joelho, pedindo em seguida que aguardasse na sala de espera enquanto o calor puxava a sepse. Ela se irritou. Era faxineira, explicou; se não pudesse ficar de joelhos para esfregar o chão, não conseguiria trabalho, e se não trabalhasse, não comeria. Pedi-lhe que ficasse um pouco sentada. Quando chegasse a hora eu lancetaria o abscesso e tudo acabaria bem. Ela foi para a sala de espera e chamei o paciente seguinte. No final da manhã eu estava completamente exausto e Pino latejava dolorosamente.

A srta. Gregor ainda não havia aprontado o almoço, por isso fui passear pelo quintal e cheguei ao portão, onde acendi um cigarro e me virei para olhar a casa. Ela me animou. Vê-la elevou meu espírito, fez com que lembrasse por que eu escolhera morar ali. Ventava naquele dia, o céu estava claro e havia no ar uma forte salinidade. Elgin se erguia cinzenta, esguia, pontuda, a mim parecia ser só ângulos e saliências, só pontas e beiras, menos volumes e mais planos. Fumei o cigarro e senti uma firmeza maior em minha decisão; o primeiro a entrar, Watkins, gelara meu coração com seu "A guerra vem aí, sabia?". Eu sabia, sim, ora se sabia. Quando voltei, a srta. Gregor me disse que ainda havia uma pessoa na sala de espera. A mulher com a rótula inflamada! Eu me esquecera dela totalmente! Removi a cataplasma e o joelho havia inchado como esperava; com uma agulha esterilizada lancetei o local e depois a dispensei.

Após o almoço saí para as consultas domiciliares. Havia comprado um carro de um sujeito de Griffin Head, um Humber verde-escuro que me asseguraram ser confiável. Nancy Hale-Newton, viúva de um coronel, residia numa mansão chamada The Elms com a filha Marjorie, professora primária. Marjorie me acompanhou até o quarto da mãe doente, no andar superior. As cortinas fechadas protegiam a sra. Hale-Newton da claridade, a tez da doente acamada perdera completamente o viço e se tornara amarelo-esverdeada, a carne se reduzira tanto que a pele plúmbea pendia frouxa nos ossos. A mão feito garra assomava por entre as cobertas e a voz cavernosa porém refinada indagou: "Onde está Peter Martin?".

Depositei a maleta preta no chão e Marjorie disse: "O doutor Martin se aposentou, mamãe, não se lembra? Este é o doutor Haggard".

"Haggard? Nunca ouvi falar dele. O que aconteceu com seu cabelo, doutor Haggard?"

"Boa tarde, senhora Hale-Newton", falei. "Sou Edward Haggard. Assumi os pacientes de Peter Martin."

"Gosto de Pete, ele é um bom sujeito, diz a verdade. Você fala a verdade, Haggard?"

"Eu tento."

"Resposta evasiva. Não precisa fingir, quando estiver comigo. Já estou em paz. Recusava-me a aceitar, no início, fiz um escândalo terrível. Pete, coitado, sofreu muito comigo! Encare os fatos, Nan, ele dizia, e eu retrucava, que fatos, seu velho cretino — eu me sinto ótima!"

A voz sumiu. Silêncio e sombras. Preparei a seringa e perguntei à mulher moribunda se ela queria tomar a injeção. "Sim", ela murmurou, "quero. Não vou embora ainda, Marjorie, as injeções ainda não acabaram."

Enquanto descíamos, Marjorie Hale-Newton perguntou o que a mãe queria dizer. Eu sabia muito bem. "Ela quis dizer", falei, "que pelo menos sente prazer com a morfina."

"Ah, isso eu já sei", Marjorie disse. "Ela fica muito impaciente se a faço esperar."

"Não a faça esperar, então", falei. "Deixe que tome quando quiser."

De volta para casa, naquele dia, dirigi pensando que a prática da clínica geral, uma firme disciplina no trabalho e o contato com pessoas comuns que tinham problemas comuns era o melhor jeito de curar um coração partido. Antes de descobrir Elgin eu vivia constantemente suscetível a ondas avassaladoras e repentinas de emoções que me deixavam sempre arrasado. Sofria tanto a falta de sua mãe que quase podia sentir a presença dela — por vezes, se Pino estava mal, eu sentia a presença dela — e para reprimir esses ataques precisava fazer um esforço psíquico enorme. Ocasionalmente dava certo, com mais freqüência eu falhava. Descobri que ao tentar abortar uma torrente de lembranças antes que avançassem muito conseguia evitar o tormento; todavia, logo se tornou patente que eu, se conseguisse reprimi-las, não dissipava os sentimentos, apenas os represava, como num reservatório, e quando as comportas se abriam — como invariavelmente ocorria, mais cedo ou mais tarde — eles saíam com violência torrencial, deixando-me fraco, atormentado, soluçante e inapelavelmente arrasado. Mergulhar no trabalho, longe de Londres, entre pessoas que nada sabiam a meu respeito ou a respeito dela, onde não havia lembranças que evocassem a dor: era assim que eu pretendia superar tudo. Jamais lhe contei quanto era penoso, no fundo, nem como eu consegui lidar — mal ou bem — com a perda de sua mãe. Por que não? Por que não contei como foi realmente, para mim? Porque, suponho, você começou a manifestar sua própria patologia, e quando isso aconteceu me preocupou a ponto de praticamente excluir todo o resto.

Bem, minha rotina diária era feita de consultório pela manhã, visitas depois do almoço, consultório de tardinha ou emergências domiciliares. Costumava tirar uma tarde de folga no meio da semana e descansar nos fins de semana, quando era possível. Logo me dei conta de que o cenário esboçado por Peter Martin era essencialmente correto, que a clínica geral se compunha de um pouco de tratamento, um pouco de cirurgia e muitos conselhos e consolos. Eu também me tornei adepto de Mist Explo.

E quanto ao meu coração, enquanto isso? Cicatrizava, como eu pensava que aconteceria em função daquela bela mansão, dos cuidados de uma boa governanta, da prática da clínica geral? Conforme o tempo corria, eu passei a pensar que sim. Comecei a achar que deixara o caso para trás, eliminando-o de meu sistema. Havia pontadas e comichões inesperadas, mas nada com que eu não pudesse lidar. Eu a estava esquecendo. Ora, estava me enganando, isso sim! Passara por um breve período de alívio, apenas, e esse triste fato me foi mostrado de maneira muito vívida, certa tarde de inverno, quando fui ver um paciente.

Seguindo de carro pela costa, eu a vi. Virava a esquina, de modo que só a avistei de relance, parcialmente, por um segundo no máximo, mas era *ela*, era sua mãe — o modo como andava, como usava um casaco preto de pele — soube pelo jeito da mulher. Era ela, tinha de ser, parei no meio-fio, desci do carro, peguei a bengala e manquei em sua direção com muita pressa, apesar dos uivos de protesto de Pino. Sua mãe! Ali, em Griffin Head! O que fazia ali? Viera por minha causa, obviamente *ia voltar para mim!*

Claro, não era ela. Quando por fim a alcancei, vi uma mulher elegante da idade de sua mãe, finamente trajada, atraente, que aceitou minhas desculpas de maneira encantadora, ficou intrigada e divertida com meu erro, chegou a lamentar zombeteiramente não ser quem eu pensara que fosse — mas não era sua mãe e me afastei coxeando, arrependido de ter feito papel de bobo, pois não fora, confesso, a primeira vez, embora eu nunca tivesse me convencido tanto de que era ela. Aquilo me abalou profundamente, e até tarde da noite remoí o caso, fiquei pensando no momento em que toquei seu ombro com o coração disparado e ela se virou, e naquele momento, em minha imaginação, tornou-se sua mãe, foi sua mãe quem se virou, o rosto radiante e sorridente, e me abraçou, agarrou a gola do meu sobretudo, tocou meu rosto, murmurou uma saudação, por que a lembrança do modo como ela segurava minha gola e me puxava para perto de si me afetou tanto, seria a finura dos dedos, o modo como me cutucavam, como se pertencessem a uma criança? Ah, não me fez bem nenhum passar aquela noite mancando de um lado para o outro em Elgin, chorando feito um menino enquanto me torturava com a idéia de que a mulher de Griffin Head naquela tarde era ela, que voltara comigo no carro para Elgin — eu lhe mostrei a casa naquela noite, levei-a (tênue espectro) a cada quarto, depois caminhamos até a beira do penhasco e ficamos observando o mar, e me lembro de cada palavra que dissemos um ao outro, pois eu vivera cada instante centenas de vezes, e tirava desses momentos cada gota de doce sentimento que havia, antes de seguir adiante e deixar que as horas transcorressem segundo seu delicado padrão. Perto da aurora tomei um pouco de gim, o que me acalmou, e fui capaz finalmente de pensar em dormir.

Sua mãe. Ou melhor, não a sua mãe — com freqüência, nos dias que se seguiram ao encontro com a mulher errada, eu mancava de um lado para o outro no quarto dos fundos, em cima, num acesso de raiva — furioso com minha estupidez, minha inépcia, minha fraqueza, impotência, estultícia imensas. Não deixara Londres precisamente para prevenir a ocorrência desse tipo de coisa? Não havia comprado Elgin precisamente por jamais ter sido tocada por lembranças de sua mãe, por estar livre das evocações tão abundantes de Londres, da sensação de perda que vinha a cada vislumbre das partes do mundo que compartilhei com ela um dia? Sei agora que não existe alívio fácil para a dor vinda de dentro, a dor que irrefletidamente acreditei quase extinta. Parecia que a cada momento transcorrido, nos dias seguintes, uma fria sombra tênue se esgueirava até a consciência, intrusa, talvez a imagem de sua mãe durante o jantar na casa de Cushing, ou a tirar o sapato na quietude do salão do bar Two Eagles para roçar o pé envolto em seda na minha barriga da perna ou sussurrar para mim lânguidas palavras de afeto na cama, em Jubilee Road — o tempo, eu imaginava, deixaria para trás esses fantasmas íntimos, e certamente abandonar a cidade onde o caso ocorrera, certamente isso ajudaria a tarefa do tempo, ajudaria a curar a mais aberta das feridas, a aplacar as dores mais ferozes, selvagens e implacáveis que eu sentia, não? Não, pelo jeito não. Ainda não era hora de desfrutar o luxo da simples melancolia, evidentemente; não era hora de conhecer a resignação e a capacidade de relembrar o ser amado com ternura, e não com sofrimento. Não, evidentemente eu ia me retorcer, remoer e chorar por mais um tempo.

Recordo-me de um dia estar à mesa mordiscando o almoço (desde Pino eu me alimentava muito mal), sentindo profundo desânimo e cansaço, pensando se não teria cometido um erro terrível ao assumir a clínica, a casa, tudo aquilo, eu me lembro de haver erguido os olhos para a srta. Gregor enquanto ela me servia uma xícara de chá em silêncio. Seu rosto calmo me animou. Ela sabia que eu estava sofrendo; embora não comentasse nada, eu percebia que ela sabia, e notava sua preocupação, sua solidariedade. Ela dava a impressão de me dizer que tudo ia acabar ficando bem. E me lembro de ter pensado, não, eu não serei solitário. Não me permitirei ser sufocado por saudades impossíveis de algo que deixara de ser real. Todavia, enquanto eu pensava isso, uma vozinha disse, ah, mas é real — seus sentimentos são reais, sua dor é real, sua perda é real —, e como estivesse só esperando que isso acontecesse, Pino deu uma fisgada particularmente intensa que me fez voltar apressado para o consultório.

Tentei mais tarde acalmar o espírito, refletindo que para evitar cair embriagado no pântano das emoções extremas eu teria de desenvolver uma disciplina mental mais firme. Ocorreu-me que não poderia simplesmente esperar que o tempo curasse as feridas, precisava me dedicar deliberadamente à cura, pois era absurdo ser escravo das emoções. O sentimento, disse a mim mesmo, é apenas uma faceta ou dimensão da experiência, e qual lei determina que deve prevalecer sobre o resto?

Por vários dias pratiquei a decisão com firmeza. Não me permitia pensar em sua mãe. Quando o fazia, quando me pegava revivendo um momento mais doce, intoxicado por alguma lembrança, eu abruptamente a cortava, concentrando a atenção em outra coisa. Não era fácil nem consegui um sucesso absoluto, pois se eu a bania da mente consciente ela apenas esperava o anoitecer, e era muito mais duro mantê-la longe dos meus sonhos.

Mas eu tentava. Finalmente, atingi um período de vários dias sem sofrer. Comecei a pensar que estava dando certo. Comecei a pensar que minha recusa em tolerar os devaneios, lembranças e pesadelos que rondavam as portas e janelas da consciência, querendo entrar — minha recusa em admiti-los, pensei, estava fazendo com que a tempestade amainasse e me permitia avançar mais um pouquinho em direção à paz. A paz — paz de espírito — quando eu poderia contemplar sua mãe e os poucos meses que passamos juntos sem ter de lutar essa terrível guerra contra os exércitos de minha própria mente inconsciente, cujo único objetivo parecia ser destruir meu coração e me deixar chorando pela mulher que eu amava feito uma criança órfã nos escombros de uma cidade bombardeada.

Ah, James. Uma vida recordada numa garrafa de gim; uma tragédia num grão de morfina. Vejo tudo claramente, agora, este drama, esta história — a concepção disso tudo uma jornada, de destino ainda incerto; ou talvez uma roda, dentro da qual os arcos e raios e dores não surgem como manifestações de futilidade, mas como o chão ou solo ou composto do espírito a partir do qual brota a nova safra: pois apodrecemos e crescemos, e sem dor não pode haver luz. E as figuras, os personagens, todos impressos em relevo contra o céu sangüíneo: sua mãe, Ratcliff, você — eu —, os outros menos vívidos, cujos destinos estão de algum modo entrelaçados aos dos primeiros. Um, curiosamente, foi um rapaz moribundo que tratei em St. Basil, um jovem operário chamado Eddie Bell, nos estágios finais da tuberculose. Ele não deveria estar na enfermaria da cirurgia, mas havíamos descoberto um nódulo em seu pulmão e tirado uma costela. Não que tivesse adiantado muito. A doença avançava mais depressa do que a capacidade de recuperação do tórax, e Eddie ficava mais pálido e magro a cada dia.

Suponho que não chegue a surpreender que eu pense nele agora, pois ele, assim como você, morreria em meus braços. Mas, ah, Eddie, coitado! Havia algo naquele rapaz, no modo como encarava a morte, que causou uma profunda impressão em mim. Sou médico, presenciei muitas mortes, mas há sempre aqueles capazes de abalar seu distanciamento, apertar seu coração e levá-lo a rezar por um milagre. Eddie Bell era um sujeito decente, digno, com mulher e filho pequeno, parecia a coisa mais cruel do mundo que morresse tão jovem. Certa noite eu me encontrava a seu lado quando ele tossiu de repente e o sangue esguichou pela boca. Ele se sentou com esforço, aquele rapaz magro, pálido, espectral, para cuspir o sangue e evitar engasgar. Deixou um poça dramática, cor de vinho, no lençol, e eu chamei a enfermeira. Puxamos a cortina em volta do leito e eu limpei os coágulos de sangue e o muco da boca, enquanto os lençóis eram trocados. "Vai ser esta noite?", Eddie murmurou, quando consegui colocá-lo novamente em posição confortável, e não consegui mentir. Balancei a cabeça e disse: "Sim, Eddie, talvez esta noite". Não havia como estancar o sangue, e portanto não adiantava lhe fazer uma transfusão. De madrugada, preparei uma dose de morfina. "Doutor", ele disse — estava muito fraco, e precisei aninhá-lo em meus braços para lhe dar a injeção —, "antes de me dar isso, prometa que não haverá *post mortem*. Prometi a minha mulher que ela me veria limpo, sem cicatrizes."

Prometi, claro que sim.

Depois dei a injeção de morfina e ele começou a apagar. A hemorragia continuou até que seus pulmões destroçados não mais puderam recolher oxigênio suficiente para sustentar a vida, e perante meus olhos a pele clareou até adquirir a cor de um corpo embalsamado. Eu o deitei de volta e o cobri com o lençol. Assim que saí do outro lado da cortina Cushing apareceu no final da enfermaria, acompanhado por McGuinness, um colega residente. Aproximaram-se, jalecos brancos esvoaçantes, com a enfermeira ao lado, e nos reunimos em volta da cama. "Estou curioso para ver o que aconteceu com o abscesso", Cushing disse. "Despache-o para a Patologia, Haggard, por favor. Diga a Ratty Vaughan que queremos dar uma espiada nos pulmões."

Eu não conseguia parar de pensar na promessa que fizera a Eddie havia poucas horas. Mencionei-a. Cushing bufou, impaciente; disse-me que foi besteira fazer promessas a um sujeito que não ia durar além daquela noite. "Bem, prometa-lhes o paraíso, se quiser", ele completou, "mas não pense que poderá cumprir as promessas, pelo amor de Deus."

"Mas um *post mortem* é realmente necessário?"

Não foi uma atitude sábia. McGuinness olhou para o teto. A enfermeira deixou o local discretamente. "Por acaso imagina, doutor Haggard", Cushing disse, num tom de fria cortesia, com olhos brilhantes de desprezo, "que eu quero examinar os pulmões do rapaz por farra?"

"Não, senhor."

"Para me divertir?"

"Não, senhor."

"Obrigado. Sinto-me gratificado pela alta consideração que você parece demonstrar por minha responsabilidade profissional."

Pensei, vá se danar, Cushing, e sufoquei outros insultos, dane-se você e sua fria medicina cirúrgica; que lugar restou para o cuidado, a fraternidade e a compaixão em seu tipo de medicina? Pouco depois, saí da enfermaria. Tinha doze horas antes do novo plantão e pretendia dormir. Era meio-dia quando desci os degraus externos de St. Basil. O dia estava úmido, desanimador. Fiquei ali parado, na chuva fria, exausto, deprimido, sem guarda-chuva. Ergui a gola do casaco e me preparei para correr até o ponto de ônibus. "Assim você vai morrer", alguém disse. Virei-me. Era sua mãe.

Usava casaco preto de pele com gola enorme e bolsos largos, segurava um guarda-chuva grande e na cabeça havia um chapéu justo, verde-escuro, parecido com um turbante, enfeitado com uma pena de papagaio. Estivera no hospital, contou, "fazendo caridade". Seus olhos estavam úmidos, como se tivesse chorado; parecia uma criatura triste, meio frágil, envolta naquele casaco preto, mas enquanto me examinava de alto a baixo um sorriso principiou a se formar e seu humor melhorou visivelmente. "Seu estado é deplorável", ela disse. "Vamos tomar um drinque?"

O hotel, onde pareciam conhecê-la bem, era um prédio elegante em estilo georgiano. Deixou o guarda-chuva, mas não o casaco de pele, e me conduziu pelo amplo saguão de mármore até um salão confortável, mobiliado à moda barroca. Acomodamo-nos num par de poltronas de pés recurvados, sob o teto alto dividido em painéis decorados com motivos de folhas e conchas. O garçom materializou-se silenciosamente ao lado da poltrona. "O que vai tomar, doutor?", ela disse, abrindo o casaco. Pedi gim-tônica e ela quis um também. Suspirando em seguida, disse: "Não pára de chover, acho tão deprimente. Eu queria lhe dizer como foi agradável nosso encontro, naquela noite. Foi muito ruim para você?" Enquanto falava, procurava o cigarro na bolsa.

"Pelo contrário", falei. Sentia que a fadiga e a depressão das últimas horas desapareciam. Acendi o cigarro para ela. "Obrigado, querido", disse — querido! — e depois: "O que anda fazendo?".

"Praticando medicina de hospital", falei. "Mas não pretendo chateá-la com isso."

"Tudo bem", disse, "duvido que você seja capaz de me chatear, sendo um homem que dedica a vida ao prazer." Vi surgir um leve sorriso, enquanto ela me avaliava com os olhos semicerrados, para dizer antes que eu pudesse responder: "Quem foi seu último paciente?".

"Eddie Bell, encanador. Consumpção."

"Pobre rapaz", ela disse. "Como está?"

"Morto", falei na hora em que a bebida chegou.

O garçom estava debruçado sobre a mesa que havia entre nós, ajeitando os copos. Por algum tempo, não falamos. O garçom afastou-se.

"Lamento", falei. "Não quis ser duro."

"Não se preocupe com isso", ela disse. "Para quem vive com Ratcliff há tantos anos, a morte tornou-se uma velha amiga." Bebericou o gim. "Aposto que ele lhe disse que a ciência da medicina se baseia no *post mortem*."

"Infelizmente seu marido nunca foi meu professor."

"Sorte sua. Desculpe-me, não quero constrangê-lo com minha falta de lealdade." Ela olhou para o outro lado. Seguiu-se um breve período de silêncio. Realmente encantadora de perfil, sobrancelha fina, nariz pequeno e fino com narinas delicadas como folhas de papel, pele muito branca no pescoço! Contei a respeito de Eddie Bell, da promessa que lhe fizera e do que ocorreu quando Cushing chegou.

Seus olhos fixaram-se em mim, afetuosos. Vi languidez neles, embora de fato (isso ela me disse depois, quando as primeiras impressões se tornaram tema de conversas animadas) ela tivesse consciência da admiração, mas não do carinho. Considerou um ato de bravura enfrentar Vincent Cushing, e gostou de mim por isso. "Que maravilha", suspirou, "ouvir um médico falar de medicina como uma atividade moral."

"Uma questão clínica", falei. Acredito ter captado o rumo de seu pensamento, pois me senti um pouco assustado — não pretendia criticar a *moralidade* de Cushing! Contestei a interpretação, falando qualquer coisa sobre a necessidade de pesquisa; irônico, considerando meu recente conflito com o sujeito. Ela não engoliu a conversa, soltando um suspiro impaciente de desprezo. "Mas você nunca se pergunta", ela disse, "o que leva os homens a ganhar a vida esmiuçando pedaços de cadáveres doentes? Minha nossa, lá vou eu de novo. Por favor, não responda. Estou lhe contando todos os meus segredos, deve ser por causa da bebida, sempre sobe depressa antes do almoço." Ela me perguntou que horas eram. "Tão tarde!", gritou. "Não tinha idéia. Preciso ir embora voando!"

Despedimo-nos na escada de acesso ao hotel. A chuva cessara, um sol aguado tentava varar as nuvens. De repente, o turbilhão de Londres desabou sobre nós, ônibus, táxis e pessoas aos montes, senti-me extremamente cansado; passara quase dois dias sem dormir. Sua mãe calçava as luvas. "Adorei", ela disse, voltando-se para mim. "Você parece exausto. Pegue um táxi para casa."

"Acho que vou pegar", falei, mesmo sabendo que não o faria.

"Até logo, doutor Haggard."

"Até logo, senhora Vaughan."

Apertamos as mãos.

Ao repassar nossa conversa mais tarde, naquela noite, pensei no que sua mãe havia dito sobre Ratcliff. E especulei — posso lhe falar a respeito daquela revelação íntima sem alarmá-lo injustamente? Pois foi muito estranho, pensei, que ela tivesse dito o que disse a respeito do trabalho de seu pai, e com tanta veemência! Bem, pelo menos tive a impressão, no momento (claro, ainda não sabia nada a respeito do casamento de seus pais), que meu relato despertara sua raiva, mas não por Vincent Cushing e sim pelo marido, Ratcliff. Posso lhe dizer isso? Vai ajudar? Ou você (ocorreu-me de repente) ficou do lado *dele*? Então ela me contou que chegara atrasada ao almoço marcado e depois perambulou pela National Gallery a tarde inteira, "um tanto distraída", embora não pudesse entender o motivo, na hora. Ela só voltou a Plantagenet Gardens depois das seis, e quando entrou pela porta da frente viu seu pai descendo a escada, arrumado para jantar. "Querido, tem algum dinheiro no bolso?", disse. "O táxi está esperando lá fora."

"Vai sair de novo?", Ratcliff disse.

Ela sabia ser divertida, às vezes. Contou-me que Ratcliff a chamara quando entrou novamente em casa. Estava no escritório, parado na frente da lareira, folheando a *Lancet*. Ela parou na porta — posso imaginar a expressão em seu rosto, os dedos ocupados com a delicada tarefa de remover o chapéu — e Ratcliff disparou a pergunta fatal. "Esqueceu-se dos Piker-Smith?", disse, sem erguer a vista. Claro que sim! Esquecera-se totalmente! Nem sequer entrara na cozinha naquela tarde, Iris devia estar histérica, a comida, uma droga! Ratcliff deixou que a pergunta calasse e a encarou por cima dos óculos. Mas ela não ia lhe dar o gostinho, disse-me. "Sem dúvida que não", falou. "Casal fascinante. Ele me contou coisas muito interessantes a respeito dos tumores nos intestinos, mas acho que esqueci o que era. Como alguém poderia se esquecer dos Piker-Smith?"

"Bem, onde estávamos?"

Você havia telefonado, perguntando se podia vir até Elgin para conversar comigo um pouco mais a respeito de sua mãe. Três semanas haviam transcorrido desde nossa última conversa, e me passara pela cabeça a possibilidade de você não aparecer mais. Ainda não o conhecia — por exemplo, ignorava seus sentimentos em relação a seu pai: não eram próximos, isso você me havia dito, mas não implicava que não ficaria do lado dele. Você chegou logo depois da minha última consulta, quase sem fôlego após subir o morro de bicicleta. Era uma tarde linda, pouco depois da retirada de Dunquerque, lembro-me, pois a fumaça negra dos tanques de óleo incendiados soprara através do canal o dia inteiro, apesar de o vento já ter mudado de direção na hora de sua chegada para permitir um final de tarde glorioso. Enquanto você removia os prendedores da calça e passava a mão pelo cabelo desalinhado, ofegante e sorridente, sugeri que tomássemos um drinque do lado de fora da casa. "Boa idéia", você disse.

Instalados nas velhas poltronas brancas de vime no pátio dos fundos, pusemos sobre o chão de pedra uma mesa baixa entre nós, com uma garrafa de gim, uma de tônica, dois copos e um cinzeiro. O sol se punha, o céu se tornara um painel suave de tons pastel de azul e cinza, com um fiapo de nuvem solitária apontada para o mar, que exibia na parte inferior uma pincelada de rosa forte. Para além das pedras do pavimento o quintal era uma confusão de grama crescida e uma roseira imensa transbordando da treliça, pesada de flores brancas. "Onde estávamos?", perguntei. "Estávamos no jantar, doutor, e minha mãe exibia sua verve."

Puxa vida, como sou desajeitado. Havia tanta harmonia e contentamento naquela hora vespertina, quando o céu muda de cor e o sol desce no mar de aço polido, que me esqueci da decisão de deixá-lo conduzir o diálogo — percebi meu entusiasmo excessivo na descrição dos sentimentos, uma falha. Eu lhe disse, mais para o final da tarde, quando vestia o casaco no saguão, que ela se aproximara para perguntar, com um sorriso insinuado no rosto, se eu estava em busca de "novos prazeres". "Não", falei. "Já tive prazeres demais para uma noite."

"Você precisa me levar, da próxima vez", ela disse. "Minhas chances de ter prazer andam raras ultimamente." Nesse momento seu pai apareceu com o casaco de pele. Ela lhe agradeceu, e disse: "Eu acabei de dizer ao doutor Haggard como anda difícil termos prazer nos dias de hoje".

"Prazer?", Ratcliff disse, ao me encarar com um ar jovial que não pode ter sido sincero. "Minha esposa nunca mostrou nenhum interesse pelo prazer, ela é uma pessoa muito ocupada. Espero que não a esteja corrompendo, doutor."

Conheço o rosnar de um animal quando o ouço; James, aquele homem me ameaçava! "Ah, sei muito pouco a respeito do prazer", falei, sem a menor vontade de antagonizar o patologista-chefe naquele momento. "Sou apenas um amador."

"Inglês e amador!", gritou Ratcliff, soltando sua conhecida gargalhada. Tinha um charuto entre os dentes e a voz empastada de brandy. "Como eu." Ele levou a mão ao meu ombro, num gesto de aparente cumplicidade, mas eu havia entendido muito bem.

"Estou rodeada de amadores", murmurou sua mãe, "será que não há sibaritas tarimbados nesta casa?" E naquele momento Daphne Cushing aproximou-se esfuziante e o encanto se dissipou em conversas tolas e vazias.

O que recordo bem é a expressão perturbada que apareceu em seu rosto quando lhe descrevi a cena. Teria eu ido longe demais? Teria insinuado inadvertidamente o que só poderia ser revelado aos poucos, deixado escapar tudo? Foi só então que me dei conta mesmo de quanto seria difícil contar a história de nosso caso, pois nenhum filho poderia ouvir o relato da infidelidade da mãe desapaixonadamente. Como em minha opinião era essencial que você entendesse, eu sabia que teria de fazê-lo usando o máximo de delicadeza, com uma espécie de clareza opaca, de sinceridade oblíqua... contive-me, e você se levantou, deu alguns passos pelo caminho e parou, fitando silenciosamente o sol que sumia atrás da linha do horizonte, nítida como uma lâmina. Sem se virar, você perguntou: "Então ela se ofereceu a você?".

"Ah, não, de modo algum!"

Dei-lhe essa impressão? Levantei-me da poltrona para chegar mais perto de você. Vi que corara intensamente, furioso e confuso como uma criança contrariada — senti uma onda morna de solidariedade protetora se erguer dentro de mim e o segurei pelo ombro. "James, James, não, não foi nada disso, perdoe-me, não quis insinuar isso nem por um momento, não foi isso, absolutamente nada disso." E olhei em seus olhos com o máximo de convicção que pude invocar, e finalmente percebi que você relaxava. "Acredite em mim", sussurrei.

Você queria ser convencido; deu de ombros, livrando-se da terrível suspeita que se aninhara em sua mente. "Lamento."

"Bobagem", falei, baixando os braços para voltar coxeando à poltrona. "Não há nada por que se desculpar. Termine seu drinque. Tome outro."

"Obrigado", você disse, "mas preciso ir andando." Você hesitou. "Doutor, não sei se está interessado, mas vamos fazer uma reunião na base."

Você foi reticente, constrangido que estava pelo que ocorrera entre nós — ainda estava corado! Ah, James, eu me identifiquei com você mais do que em qualquer outro momento que havíamos passado juntos — você tinha o rosto e a graça dela, mas ainda precisava adquirir sua compostura. "Está me convidando para uma festa?", falei.

"Bem, sim, estou, sim."

"Onde e quando?", indaguei, e quando você me explicou prometi que iria, sim, caso não estivesse de plantão. Senti-me lisonjeado; curioso também para ver como você se comportava com o resto da esquadrilha. Conhecera alguns dos outros pilotos e eles pareciam bem mais entusiasmados, faltava-lhes aquele tipo de complexidade de humor que tanto me intrigava em você. Seria isso, pensei, uma fonte de constrangimento — seria você vítima das zombarias. Eles pegavam no seu pé?

O que ocorreu em seguida? Ela veio ao meu apartamento. Nunca fui capaz de contar sobre a vinda dela ao meu quarto — como poderia? Talvez, porém, você tenha adivinhado. Chegávamos ao final de 1937, o outono dera lugar ao inverno, o tempo estava frio e úmido, os frágeis e os idosos atravessavam as portas de St. Basil em busca de tratamento para reumatismo, gripe, artrite. Certa noite eu descansava no apartamento de Jubilee

Road após um plantão de quarenta e oito horas seguidas. O aquecedor a gás estava ligado, mas não bastava, por isso eu usava pulôver e cachecol, além do robe de forro xadrez. Tivera um dia terrível. Cushing disse que eu nunca seria cirurgião e novamente me perguntei, a sério, se ele não teria razão. Exigia-se uma destreza inata com os instrumentos que parecia faltar a mim. Andando pelo quarto, com as mãos enfiadas nos bolsos, eu fumava, me preocupava, tentava me manter aquecido. Alguém bateu na porta. "Entre, Desmond", gritei.

A porta se abriu. "Não é Desmond" — o tom familiar, dei meia-volta: era sua mãe. Estávamos nos braços um do outro sem demora: sua simples presença ali afastara quaisquer resquícios de pudor e decoro entre nós! Abraçamo-nos com força. "Aconteceu algo", ela sussurrou.

"Eu sei."

Aconteceu algo. Caro James, nunca, creio, duas simples palavras puderam engendrar tamanho regozijo no coração de um homem. Ficamos abraçados no meio do quarto, oscilando levemente; depois de muito tempo, nos afastamos. Por um momento, ficamos ali parados, presos num vácuo entre a intimidade e o decoro: algo acontecera, sim, mas fosse o que fosse ainda precisava ser assimilado. Ela pegou meu rosto entre os dedos e depois o largou e virou as costas. Aproximou-se da janela, afastou um pouco a cortina e espiou. Acho que ofereci uma bebida a ela.

Sentamo-nos nas poltronas que puxáramos para perto do aquecedor a gás. Ela não tirou o casaco, envolveu o copo com os dedos e olhou fixamente para a chama sibilante. Normalmente tão volúvel, ela estava em silêncio, enquanto eu controlava minha excitação costumeira por causa de sua atitude estranha, distante, e a observava, esperava, pronto para agir quando ela desse a deixa. "Lamento que esteja tão frio aqui", falei finalmente. Ela olhou para cima. "Ouviu as notícias?", disse.

"Sim. Parece que é para valer."

"Guerra contra a Alemanha. Que idéia mais estúpida."

"Estou feliz que tenha vindo. Não consigo parar de pensar em você."

"Sim, eu sei." Ela franziu o cenho.

"Sabe?"

Ela fez que sim. "Aconteceu o mesmo comigo."

Eu queria estreitá-la em meus braços ali mesmo, cobrir de beijos seu rosto perfeito, a garganta e os seios. Ela pegou minha mão, que colocou entre as suas e me olhou muito séria. "O que vamos fazer?"

Eu não via problemas. "Comemorar?"

Ela não achou engraçado. Olhou para o fogo. Depois balançou a cabeça e se levantou abruptamente. "Preciso ir embora", disse.

"Não faça isso."

"Sim, preciso. Isto é loucura. No que poderia dar? Eu não devia ter vindo, foi um impulso estúpido."

"Foi um impulso maravilhoso. Por favor, sente-se. Por cinco minutos."

Ela hesitou. "Cinco minutos."

Cinco minutos.

Traços de seu perfume permaneceram em meu robe. Notei isso assim que ela se foi, enquanto perambulava pelo quarto, tocando as coisas, perdido no turbilhão de pensamentos e emoções. Aproximei o tecido do nariz, e sentir seu perfume despertou a lembrança de tocá-la, do calor do corpo esguio sob o casaco de pele quando enfiei a mão por baixo. Senti desejo novamente e repentinamente acuado pus o chapéu e corri para a rua, avancei para a noite tempestuosa e saí andando.

Nunca soube bem para onde andei, nem por quanto tempo. Só consegui me lembrar, depois, das ruas escuras cheias de casas grandes, da ocasional figura recurvada correndo, mal iluminada por uma lâmpada da rua, portando um guarda-chuva reluzente de chuva — enquanto eu avançava para a noite com o chapéu puxado para cobrir a testa e o capote esvoaçando atrás de mim, sem sentir o frio e a umidade, pois estava envolvido pelo calor das emoções em erupção, que mal tinham começado a amainar quando entrei num pequeno *pub* chamado Two Eagles, não muito longe de Jubilee Road, e parei no balcão, pingando, ainda muito excitado, e pedi um gim. Só então consegui articular: eu a amava.

Fiquei desconcertado, confuso com a própria idéia, e fui para uma mesa pequena, perto da lareira — o bar estava deserto —, sentei-me e tirei os óculos para limpar as lentes com o lenço, olhando para as brasas ardentes, e disse a mim mesmo novamente: eu a amo. Analisei o fato. Como era curioso. Realmente esquisito. Como aconteceu? Um pequeno milagre, se pensarmos bem, mas era isso mesmo, aconteceu e pronto. Finalmente ergui a vista, olhei em torno, dei-me conta de quanto estava encharcado; o relógio atrás do balcão chamou minha atenção. Eu devia estar em St. Basil fazia vinte minutos!

Encontrei a enfermaria escura ao chegar, silenciosa a não ser pelas esporádicas fungadas, roncos e gemidos. McGuinness estava com a enfermeira da noite, em sua sala. Pouco teve para me passar e quando pedi desculpas por fazê-lo esperar ele vestiu o sobretudo e se preparou para sair. "Chove muito, então", disse; eu devia estar parecendo um rato na enxurrada. "Noite terrível", comentei vagamente.

Noite terrível — sim, McGuinness acharia a noite terrível, para o mundo inteiro era uma noite terrível, mas para mim, para Edward Haggard, não era uma noite terrível; não, era uma noite dourada, abençoada. Nas horas seguintes eu descobriria instantes aqui e ali, minúsculas ilhas de graça em meio às trevas da doença e dos acidentes, nas quais o imenso milagre do coração se tornaria novamente vívido para mim. Pela primeira vez na vida adulta percebi que amava uma mulher.

Começou a chover de novo após a meia-noite, e a chuva continuou até quase amanhecer. A enfermaria estava tranqüila, tirei alguns minutos para ficar nos degraus entre os grandes portais da entrada do hospital, o jaleco branco esvoaçando por entre as pernas, a mente espalhada pela cidade como um vasto deus alado. Ventos fortes sopravam; não havia lua, só amontoados baixos de nuvens, e as ruas de Londres brilhavam e piscavam sob o aguaceiro; de quando em quando o vento disparava rajadas de chuva contra as janelas das casas adormecidas, as brasas chiavam nas lareiras abandonadas quando a chuva conseguia entrar pelas chaminés. A água esguichava pelas calhas, descia em torrentes pelas sarjetas, sumia nos bueiros inundados. Os poucos transeuntes da cidade corriam com a cabeça baixa para os táxis, os guarda-chuvas virados do avesso e destruídos num instante. Era a mesma tempestade que assolava a costa sul havia dias; na capital, os cidadãos viravam-se na cama inquietos, lembranças coletivas ancestrais despertadas pela violência do tempo a bater em suas portas e janelas. Sua mãe me descreveu seu estado de espírito naquela noite indômita. Nem tentou dormir. Sentou-se num banco estofado na frente da penteadeira, disse, para remover a maquiagem, usando o robe prateado. O fogo crepitava na lareira, dois abajures emitiam uma luz fraca, morna. O quarto tinha carpete grosso, cortinas pesadas. Havia calor, segurança e conforto naquele quarto, mas os dedos do perigo roçavam em sua garganta — e ela *gostou*, contou-me depois, ela gostou, fez com que se sentisse viva. Um estado de espírito curioso, contou, aquela excitação, aquela inquietude que tomou conta dela, e de tempos em tempos ia até a janela e abria um pouco a cortina para espiar a tempestade a fustigar as casas do outro lado da rua e os galhos desnudos das imensas castanheiras antigas, ao longo da calçada, balançando ao vento. Depois se virava e se abraçava, fechando os olhos, despertando as lembranças do profundo e recente prazer sexual.

Pois eu havia sido um bom amante para ela. Erguendo-se da poltrona, pegou minha mão sem dizer nada e me levou para o quarto, onde, sem pressa, com os olhos fixos nos meus, começou a se despir, e eu fiz o mesmo, claro. Com cuidado ela pôs a roupa e a *lingerie* sobre minha poltrona. Depois fomos juntos para debaixo das cobertas. Meu batimento cardíaco estava muito acelerado. Abracei-a e senti sua pele suave como seda contra a minha. Beijei seu rosto e o pescoço, e quando ergui a cabeça dos seios ela viu meus olhos (como me contou depois) e nunca, disse, nunca poderia pensar em esquecer a expressão deles naquele momento, a enorme fartura de sentimento, o *amor* que neles havia. Alguma coisa dentro de mim gritou quando a penetrei e nos poucos momentos intermináveis que se seguiram eu senti uma fusão e completitude que jamais experimentara antes e que nunca sentirei novamente até morrer. Foi a primeira vez que fiz amor direito com uma mulher.

Mais tarde, no quarto, ouviu Ratcliff subir para dormir, ouviu seus passos quando cruzou o patamar no alto da escada e seguiu direto para o quarto dele, o que foi incomum, pois costumava bater na porta dela e abrir uma fresta para murmurar que dormisse bem. Ela gostava que ele fizesse isso, contou-me, mas naquele noite ele não fez, o que a levou a sentir-se grata e inquieta ao mesmo tempo. De repente, o mundo pareceu frágil. De repente, tudo começou a tremer, como se explosões intensas estivessem ocorrendo a três quadras dali. Encostou-se na parede do quarto, disse, pressionando o corpo contra ela, para sentir sua solidez. Devemos tomar cuidado, muito, muito cuidado; nunca poderemos cometer um erro; sempre se encontra um jeito de fazer essas coisas. Há perigo, mas podemos controlá-lo. Tudo isso ela me falou depois.

Na manhã seguinte a tempestade se esgotara e ela acordou para um mundo que percebia firme e estável e permanente como sempre. Tomou café da manhã sozinha; Ratcliff saíra cedo para o hospital e você estava na escola. Ela comeu meia torrada amanteigada com uma leve camada de geléia e tomou uma xícara de café — e sentia avidez por cada detalhe daquelas horas! O susto da noite anterior se dissipara, disse. Sentia-se alegre, com a cabeça leve. Era uma manhã fria e úmida, mas o céu estava claro.

Ah, mas a imaginação de um homem apaixonado é uma selva florida de luxúria, de formas de vida em crescimento rápido! Eu havia feito amor com sua mãe. Agora, sem compreender ainda completamente a complexidade essencial da situação, passei a incorrer em devaneios ricamente elaborados a respeito dela. Para mim, era uma figura adoravelmente trêmula. A própria beleza, a perfeição; vivia apenas para vê-la novamente, e embora isso não tenha acontecido por vários dias, a espera, no início, era menos sufocante do que você pode pensar: minha intoxicação com a *idéia* de que eu a amava ainda não havia passado. Tão vasto, tão forte era o sentimento, e tão enamorado eu estava dele, que todo o resto era mero detalhe, indigno de nota; eu estava em estado de graça.

Lembro-me de um gesto que ela fazia, seu jeito de erguer o queixo e ao mesmo tempo olhar para mim com os olhos semicerrados; depois o sorriso surgia, o reconhecimento humorístico, pois era uma brincadeira, resolvemos que já nos conhecíamos, nos vimos e nos reconhecemos, e havíamos dito um ao outro: eu o conheço da vida inteira e eis você aqui, finalmente. E me pergunto agora — se soubesse que a história se desenrolaria como acabou ocorrendo, teria tido um comportamento diferente? Teria fugido de você e afundado na medicina com uma paixão que já não mais sentia, mergulharia na medicina para me esconder dela? Creio que não. Lembre-se de Hopkins, do poema sobre a mente ter montanhas, penhascos abismais, "temíveis, abruptos, insondáveis aos homens"? No final, ele diz:

Ei! rasteje,
Desgraçado, sob o consolo servido num redemoinho: toda
Vida a morte encerra e cada dia morre com o sono.

Bem, nada de rastejar, no meu caso! Nenhum consolo no redemoinho! Era assim que eu me sentia. Sua mãe e eu tínhamos a mesma alma. Fomos atraídos um para o outro por uma força inexorável. Não poderia ter acontecido de um jeito diferente do que aconteceu. Ela havia me dito que "aquilo" ocorreu com ela também, e era só o que eu precisava saber; isso fez com que me sentisse tão exaltado que sua presença física quase teria sido demais; bastava para me sustentar o sentimento.

Vejo-me no apartamento de Jubilee Road. Deveria estar dormindo, mas não conseguia. Andava de um lado para o outro no carpete desbotado, parava na janela para afastar a cortina e espiar lá fora — talvez ela viesse me ver de novo, talvez eu a vislumbrasse descendo de um táxi, lá embaixo? Naquele instante um táxi realmente entrou na Jubilee Road e se aproximou do prédio, e subitamente convenci-me de que *era ela* — era ela, vindo a mim outra vez —, mas o carro passou sem se deter e deixei a cortina voltar ao lugar, continuei a andar sobre o carpete, pausa no esboço de um crepúsculo à beira-mar. Gostaria de voltar ao Two Eagles e pedir um gim duplo e reviver o momento em que me dei conta pela primeira vez de que estava apaixonado, no entanto não podia sair do quarto por medo de que ela viesse enquanto eu estava fora.

Desabei desanimado na poltrona e cochilei um pouco. Fui despertado por uma batida na porta. Levantei-me num pulo, atravessei o quarto e escancarei a porta: era Desmond Kelly, o marido da senhoria. O que o cordial sujeito viu? Ele viu a porta ser aberta com violência, e parado à sua frente com uma das mãos na maçaneta e a outra agarrada ao batente, como se tentasse evitar que a casa inteira viesse abaixo, um inglês de olhos arregalados e robe. Desmond Kelly era compreensivo. Ele aceitava a incoerência essencial da condição humana. "Prefere que eu volte mais tarde, doutor?", murmurou com sua voz suave e melodiosa (era irlandês de Cork, e republicano).

"O que foi?", gritei.

"Minha mulher mandou perguntar se pode arrumar o quarto de manhã."

"Sim!", gritei. "Alguma carta, Desmond? Recados para mim?"

"Nada", ele disse, dramaticamente. "Nem uma palavra, doutor."

Passei a mão pelo cabelo e franzi o cenho. "Obrigado", falei, antes de voltar arrasado para o quarto, desolado e decepcionado. O apaixonado é uma figura cômica, bem sei, mas o amor pode mudar sua condição. Ele contém o germe da tragédia.

O tempo passou. Não muito tempo, pelos padrões normais, mas pelo relógio do meu coração — séculos, eras, verdadeiras eternidades. Eu estava desesperado para vê-la de novo. Necessitava nutrir o amor com sua existência, como se meu amor fosse um parasita predador, uma criatura que se alimentaria do hospedeiro, causando agonia, caso não pudesse se alimentar da presença dela. Eu agonizava. Sentir falta dela não era um estado de tranqüila melancolia, era uma atividade ferozmente energética. Chegou o momento em que me ocorreu que ela não havia entrado em contato porque estava morta. A possibilidade transformou-se rapidamente em certeza e passei a pranteá-la, e agora — mais cruel das ironias — achava que a perdera antes mesmo de conhecê-la — sofrimento sem nem sequer o consolo da lembrança! O problema era que eu não podia procurá-la. A idéia de escrever ou telefonar — qualquer ação nesse sentido era perigosa, ela não me alertara para nem tentar?

Enquanto isso, continuei a trabalhar, fazendo o melhor possível. Uma prostituta envelhecida chamada Belle Sylvester foi encontrada em coma num beco, certa noite, e levada para St. Basil. Era o nosso turno no pronto-socorro e precisei cuidar dela. Inicialmente, um exame rápido na enfermaria não indicou o que estava ocorrendo, embora depois de eliminar as outras possibilidades de coma a meningite tenha surgido como opção. Fui obrigado a realizar uma punção lombar, relutante.

A enfermeira da noite puxou as cortinas em volta da cama e virou a inconsciente Belle Sylvester de lado e a dobrou até que o joelho se aproximasse da cabeça. Era uma mulher grande, carnuda e rosada. Acomodei-me na cadeira ao lado do leito, franzindo a testa, inquieto — não gostava de punções lombares, são muito traiçoeiras. Limpei a pele no local da punção, passei antiséptico, estendi panos esterilizados pelas costas amplas, deixando apenas um pequeno trecho descoberto. Ergui a enorme agulha espinhal e depois, com o máximo de delicadeza possível, a inseri. Parecia estar entrando sem problemas, quando de repente — e era isso que eu mais temia — ouvi um som horrível, rascante — atingira o osso. Ergui a cabeça, olhei para a enfermeira e retirei a agulha. "Impossível", resmunguei, sentando-me ereto por um momento para desabotoar o jaleco branco e passar as abas para trás. Depois debrucei-me novamente para enfiar a agulha outra vez, "com ela dobrada desse jeito — acertar a agulha — com precisão — *droga*!". De novo o som rascante — e tive de tirar a agulha. Limpei a testa, tomei fôlego algumas vezes, tentei afastar a fadiga. Por um instante apenas pensei em sua mãe, e meu pênis se movimentou dentro da calça. O problema era que eu, na busca da minúscula garganta formada pelos arcos ósseos da coluna vertebral, não podia enfiar a agulha muito fundo, pois perfuraria um órgão vital e mataria a mulher. Inseri a agulha mais uma vez, e consegui sentir a recompensa da polpa mole. "Pronto", murmurei. Lentamente, puxei o êmbolo, trazendo algumas gotas de fluido cérebro-espinhal até a seringa e me levantei; a imagem de sua mãe tomou conta de minha mente, e por alguns segundos fui para outro lugar.

Seu pai falava de cadáveres. "Trata-se de hipóstase, cavalheiros", estava dizendo. "Notem a descoloração da pele." Ele era um sujeito gordo, confiante, que fumava charuto para disfarçar o cheiro dos cadáveres com os quais trabalhava. "Começa a ocorrer trinta minutos após a morte, e se completa em seis a oito horas. Causada pelo movimento gravitacional do sangue e pelo preenchimento dos capilares inferiores, empalidece as superfícies superiores do corpo. Começa rosada e escurece rapidamente. No final, é arroxeada." Ele apontava para o cadáver aberto a sua frente, com movimentos bruscos cortantes da mão, como um maestro regendo a orquestra. "Outra peculiaridade do corpo na morte, senhores, é o surgimento de uma teia de veias azuladas, estruturalmente dendríticas, logo abaixo da superfície da pele. Geralmente ocorre quando a putrefação é rápida."

Ele parou e dedicou um momento a acender de novo o charuto, franzindo o cenho. "Notem também a descamação da pele e a formação de adipocera. Isso ocorre quando os tecidos gordurosos se transformam em ácidos graxos. Verão também o inchamento, resultado do metano gerado na decomposição, órbitas liquefeitas, manchas na pele, notáveis mudanças de coloração e vermes. Há casos de corpos que explodem. Nunca se pode contar que os mortos vão se comportar como o esperado; tudo depende da temperatura, umidade, insetos, bactérias, bem, uma infinidade de fatores."

Eu estava na Patologia para saber o que haviam descoberto nos pulmões de Eddie Bell. Seu pai estava na sala de *post mortem*, parado na frente da mesa de autópsia usando avental de borracha preta, com as mangas arregaçadas, as mãos enormes sem luvas, falando para meia dúzia de estudantes de medicina. Na mesa (de aço com um sulco e buraco central por onde escorriam os fluidos corporais), encontrava-se o cadáver pálido de Eddie, com o tórax rasgado e aberto. Também havia na sala um armário de porta envidraçada contendo instrumentos (facas, serras, fórceps para ossos), uma fileira de ganchos de metal com aventais de borracha pendurados e uma mesa com vasilhas de aço para amostras, na qual o assistente de seu pai, um sujeito com cara de fuinha, meio calvo, chamado Miggs, cuidava de um pedaço do pulmão de Eddie. Era uma sala no porão, pequena, lotada, baixa, na qual um pouquinho de luz conseguia entrar pela janela estreita gradeada que havia no alto de uma das paredes, com vista para os pés de quem passava pela calçada externa. Era fria, cheirava a formalina. "A patologia torna possível a fisiologia", dizia seu pai. "Neste sentido, cavalheiros, as funções orgânicas são reveladas apenas quando falham." Ali parado, paciente, esperando até que tivesse um momento para mim, lembrei-me das palavras de sua mãe. "Você nunca se pergunta", ela havia dito, "o que leva os homens a ganhar a vida esmiuçando pedaços de cadáveres doentes?" Podia ouvir sua voz, sentir meus lábios em sua pele sedosa; e, James, naquele momento senti a primeira pontada real de antagonismo em relação a seu pai.

Com freqüência, me pergunto que tipo de pai pode ter sido para você. Você era um menino complicado, sensível, poético — o que ele fez com você, aquele açougueiro? Não me surpreende a identificação tão profunda com sua mãe, você reconheceu a graça e foi atraído por ela, sentindo repulsa (embora talvez jamais tenha admitido isso a si próprio) por seu pai e seu ofício, a morte, e tudo o que ele representava. Mas, se de algum modo — esses foram meus pensamentos após a noite em que me perguntou se ela se oferecera a mim — sua simpatia tiver recaído sobre ele, então você me via sob luz mais negra. Portanto, se eu fosse lhe contar tudo, como tencionava, sabia que isso precisava ser feito gradualmente, jamais de uma vez só. Eu precisava montar lentamente a cena do casamento de seus pais, um retrato que, se fosse sutil e acurado o bastante, o conduziria irresistivelmente à compreensão da infelicidade de sua mãe — de suas causas —, e meu esforço, em última análise malogrado, para aliviá-la e oferecer-lhe a vida de esperança e alegria que merecia e que era bloqueada por seu pai. Essa era minha intenção, como disse, e se não a cumpri a falha não está em mim, mas em algum lugar no emaranhado de sucessivas circunstâncias e acidentes que nos trouxeram até aqui, agora.

O emaranhado. Ergui a cabeça. Meus olhos vertiam lágrimas. Hangares na beira da pista de pouso, estruturas baixas e compridas erguendo-se indistintas na luz que começava a fugir. Figuras movendo-se na grama, na nossa direção, movendo os braços; gritos fracos chegavam a meus ouvidos. Ao longe, do outro lado, o canhão antiaéreo, o chalé da dispersão, atrás deles árvores, uma torre de igreja, tudo desfocado contra o céu vespertino. Difícil às vezes crer que havia uma guerra, ali nos Downs,* entre os morros relvados sucessivos onde carneiros, antigas muralhas de pedra e capões de carvalhos e olmos esporádicos são típicos daquela região de fazendas e pastos...

Em retrospecto, a seqüência inteira de eventos — tudo o que transcorreu desde que eu comecei a exercer a medicina aqui —, tudo parece um mero prelúdio a sua chegada. Como se eu tivesse sido enviado para cá para testemunhar — exatamente o quê? Seria apenas um fenômeno médico raro e curioso, o que começou a acontecer com seu corpo, inteiramente explicável em termos científicos? Ou algo mais estranho, mais glorioso? Mesmo agora eu vacilo. Mesmo agora não posso ter certeza. No que creio pela manhã duvido à noite. O que tenho como certo à noite é pura fantasia pela manhã. Como a idéia de que fui *enviado para cá*. Sou médico, definitivamente, mas isso necessariamente exclui a crença no destino? Em um plano mais alto? Num desígnio? Por vezes, fico inclinado a pensar que não. Por vezes, fico inclinado a duvidar da seqüência de acontecimentos, do emaranhado de circunstâncias e acidentes. Por vezes, fico inclinado a pensar que o objetivo e o significado de minha vida inteira foram me trazer até *este momento exato* — aqui — com você — no ocaso — à sombra de um Spitfire em chamas.

Estávamos na primavera de 1939. Eu acreditava convalescer. Meu primeiro terrível inverno em Elgin acabara, o tempo melhorava, eu tentava sair de casa sempre que possível para

* Duas formações (North Downs e South Downs) de serras baixas cobertas de relva, que seguem paralelas, no sudeste da Inglaterra. Nome dado também ao porto natural no estreito de Dover, na costa inglesa. (N. T.)

caminhar na praia e respirar o ar saudável do mar. Naquela primavera descobri um método de descer a escadaria de madeira no penhasco aparentemente suportável para Pino. Era preciso apoiar a perna boa, descer de lado e realizar paradas freqüentes. Levava tempo, cansava e incomodava, mas valia a pena: a praia ficava quase deserta no final da tarde e eu podia passear à vontade, cutucando conchas, algas e fragmentos de tralha de pesca que vinham na maré da tarde, usando a bengala. Havia uma rocha achatada na qual eu gostava de me sentar para fumar um cigarro e ver o pôr-do-sol, esticando a perna ruim para dar descanso a Pino, e pensar no dia, e olhar as sombras crescerem e o mar escurecer, enquanto as fendas e os buracos na face do penhasco, atrás de mim, enegreciam com a noite. Não voltava pelo mesmo caminho, mas pela trilha que conduzia suavemente à estrada, pela qual eu atingia o alto do rochedo e Elgin.

Contudo, Pino me fazia pagar pelo esforço. A noite me colhia com dores fortes, no consultório escuro. Eu deixava à mão uma vasilha de aço, em forma de rim, na qual guardava a seringa hipodérmica grande e uma ampola de morfina. Eu batia nela com destreza, para arrancar a ponta. Puxava o líquido para dentro da seringa — uma esguichadinha para expelir o ar — e da agulha em riste brotavam gotículas ao crepúsculo. Com o casaco jogado sobre os ombros eu sentava na beirada da mesa e enrolava a manga para prender o torniquete de borracha até que as veias internas do braço saltassem na pele. Uma picada rápida, punho cerrado com força, a agulha entrava e o êmbolo era empurrado cuidadosamente. Após um momento, a seringa retinia ao retornar à bacia e o torniquete era jogado em cima da mesa. Ainda com a manga levantada e com o casaco sobre os ombros, eu empreendia a lenta jornada ao andar superior. Em algum lugar da casa o relógio dava a meia hora, débil. No mais, tudo era silêncio.

* * *

Lembro-me de que certa noite, naquela primavera, eu me arrumei para ir a um jantar formal promovido por Hugh Fig e esposa. Não sentia vontade de comparecer ao evento, mas não via como evitar — e hoje me pergunto, por que tudo precisa ficar preso na memória, cada detalhe idiota — por que não consigo *esquecer*? Porque, suponho, aquele foi o primeiro jantar ao qual compareci depois da noitada na casa de Cushing, e minha mente e meu coração haviam sido colonizados tão completamente pelas recordações de sua mãe que restava pouca coisa no mundo que não provocava dor. Recordo-me de ter aberto o guarda-roupa e apanhado o paletó do *smoking*, sentindo agudamente as impressões da última vez em que o usara — mas que homem diferente me olhava de volta no espelho da porta do guarda-roupa! Estava de calça e camiseta, braços soltos ao longo da coxa, a bengala jazia enganchada na poltrona próxima; tornara-me um espécime muito magro, pensei, observando a cabeça desgrenhada, abatida, grande demais para ficar em cima dos ombros ossudos e estreitos e o peito afundado, sem pêlos. Lembrei-me dos dias anteriores a Pino, quando não era magro e sim esguio, quando o trabalho duro mantinha a musculatura em evidência no meu corpo miúdo, quando sua mãe, pelo menos, apesar da falta de proporções, parecia gostar de minha aparência. É difícil imaginar alguém apreciando minha aparência agora, refleti. Agora eu era insignificante. Parecia um camarão, um camarão encrespado.

Bem, nada de ficar resmungando esta noite, Pino fora silenciado e eu começava a me animar, enquanto me vestia. Vesti e abotoei a camisa, e enquanto meus dedos destros prendiam o colarinho e as mangas nos botões de pressão, assisti ao início da transformação familiar, da mágica familiar que o ritual jamais deixava de operar, a metamorfose do camarão num homem trajado a rigor. Calcei o sapato de verniz e dei o laço na gravata-borboleta preta. Faixa de cetim? Melhor não, pensei, convencido de que meus companheiros daquela noite dariam pouco valor ao apuro no trajar. Uma última espiada em meu perfil no espelho, e como era mesmo aquela frase adorável de Max? — "todos os espíritos delicados assumem uma atitude oblíqua em relação à vida".

Minutos depois eu me ajeitei ao volante do Humber e peguei o acesso para a estrada que acompanhava a costa. O sol já havia ido embora, a visão do mar encheu meus sentidos de entusiasmo: era uma pele de cetim negro ondulado, o luar esparramado sobre ela como um óleo dourado. Abaixei o vidro da janela no caminho para ouvir sua voz calma, sua sinfonia sutil, os murmúrios e chiados enquanto batia e sussurrava nas pedras ao pé dos penhascos. Do outro lado de Griffin Head entrei no caminho particular que conduzia à mansão de Fig.

Desci do carro e cheguei à porta de entrada; mal havia tocado a campainha e uma empregada abriu a porta. Hugh Fig surgiu atrás dela, cumprimentou-me calorosamente e me acompanhou para dentro. Era um sujeito grande e desengonçado feito uma cegonha. Eu gostava dele. "O que vai beber, doutor?", disse. O que foi mesmo que Barbey escreveu a respeito dos ingleses? "Um povo do norte, linfático e pálido como a mãe, o mar, mas que adorava aquecer o sangue na chama do álcool." Perfeito.

"Gim-tônica, se tiver."

Havia três ou quatro pessoas no escritório. Hugh me apresentou primeiro a sua esposa, Jean, uma quarentona tensa com ligeira descoloração amarelada da pele que sugeria problemas de algum tipo no fígado. Quando apertei sua mão, pensei rapidamente em como seria a aparência de sua urina. O nome do outro casal era Piker-Smith, Harold e Vera. Não me era estranho. Ele era médico, um sujeito maçante que clinicava em

Wimbledon. Ela era alta e magra, tinha dentes de cavalo e se atirou em cima de mim com imensa avidez. Apertou minha mão com força e se inclinou como uma árvore vergada pelo vento. "Doutor Haggard!", esganiçou. "Desejava tanto conhecê-lo. Temos amigos em comum, creio." Dei-me conta então de que o marido trabalhara em St. Basil. "Fanny Vaughan — não conhece Fanny?"

Não respondi — não poderia responder! Senti os olhos úmidos. Ela acertara o alvo em cheio com a primeira flecha. Aquela única frase liquidou com a minha noite.

Cheguei a Elgin pouco depois das dez e meia, e fui imediatamente para o consultório. Depois subi para o quarto nos fundos, pendurei o paletó, tirei a gravata e afrouxei o colarinho. Fui até a janela. A primeira sensação foi de alívio profundo: escapara daquela gente medonha, e enquanto estava ali, olhando para o mar iluminado pelo luar, a sensação terrível de perda e falta provocada pela pergunta de Vera Piker-Smith foi atenuada. Apoiei-me no batente da janela, mudei o apoio para a perna boa, encostei a cabeça na folha da janela e com a mão direita esmurrei a parede algumas vezes, fracamente, à medida que uma série de soluços secos, atormentados, saía de minha garganta. Meu Deus. Quando foi que me tornei um desvairado de amor? Aconteceu no dia do enterro, a semente foi plantada naquele dia, ali começou a germinar no solo escuro do meu coração sem que eu suspeitasse, até surgir rija e vigorosa em plena maturidade. Meu *Deus*! Ergui a cabeça, balançando-a com força, e expulsei o ar dos pulmões como se fosse uma morsa. O vento cessara, a lua estava oculta atrás do retalho de uma nuvem escura; estrelas davam vida ao céu. Não poderia permanecer na casa nem mais um instante. Apanhei o paletó do *smoking* nas costas da cadeira e a bengala. Com o máximo de rapidez possível para mim desci as escadas e saí pela porta de trás para pegar a trilha que passava pelo portão no fundo do quintal e ia até a escada para a praia, na beira do despenhadeiro. Nunca havia tentado descê-la à noite, só nas últimas semanas descobrira que Pino era capaz de suportar a descida, mas meu desespero para sair *dali*, ir para *longe*, descer até o mar, ficar em qualquer lugar que não fosse Elgin e minhas memórias desgraçadas, meus *sentimentos* desgraçados — meu desespero era tão grande que não me ocorreu que descer a escada tarde da noite seria mais difícil do que ao crepúsculo.

No início, tudo bem. Ainda num estado próximo ao pânico baixei Pino pelos primeiros doze degraus antes de parar para tomar fôlego. De repente tomei profunda consciência primeiro da escuridão, e logo do som do mar quebrando na praia lá embaixo, e de sua superfície negra oscilante, das rochas brilhantes, das pedras da costa e do trecho de areia dura e úmida, tudo quase indistinto à luz das estrelas apenas. Mas o que me atingiu de modo ainda mais vívido foi a sensação intensa de ter penetrado em uma região desconhecida e provavelmente perigosa. A face do penhasco, que me era tão familiar durante o dia, se tornara uma sombra negra maciça, na qual a mente excitada passou a projetar seus terrores imediatamente, sem respeitar minha vontade. Pela primeira vez a face do rochedo ganhou vida, estranha e hostil. Benevolentes vigias durante o dia, aquelas amuradas agora eram monstros, gárgulas vivas, recuando e avançando há milhares de anos, e me pareceu que, ao deixar o topo do penhasco, eu havia abandonado a luz e a segurança para me entregar a quê? Escuridão? Noite? Ri alto, mas o ruído fraco foi rapidamente engolido, deixando-me ainda mais desolado do que antes. Retomei a descida.

Ah, mas o que você está fazendo?, perguntei-me. Não há algo de ridículo em tudo isso? Você alimenta com morfina sua obsessão pela mulher até ser incapaz de pensar em qualquer outra coisa, não consegue dormir, não é capaz nem de ficar em casa — como se Elgin fosse sua própria cabeça, sua própria mente, e como se, ao se livrar de Elgin, pudesse se livrar dos pensamentos e dos sentimentos e das memórias que vêm e vão incessantes, incessantes na sua mente — isso não é nem um pouco romântico! Mesmo assim, desci, de lado, feito um caranguejo, primeiro a perna boa, depois Pino, depois a bengala, perna boa, Pino, bengala, e então passei literalmente a saborear o terror que o mergulho na escuridão desconhecida causava em mim. Estaria louco, pensei, avançando cada vez mais para a escuridão — voluntariamente aumentando a vulnerabilidade a cada degrau descido? Mas, vulnerabilidade a quê?

Há cerca de cem degraus naquela escadaria íngreme, divididos em lances desiguais; cada lance segue uma inclinação específica e muda de direção conforme ditado pela face do rochedo. Uma plataforma pequena marca o início do novo lance, facilitando a descida, de modo que a estrutura desce em ziguezague, uma frágil armação de madeira e pregos pendurada na imensidão maciça do penhasco como uma centopéia. Só parei novamente na metade do caminho; virei-me para ver quanto havia descido, e o alto da escada, alguns pilares e um trecho de corrimão projetavam-se na beirada do despenhadeiro contra o céu estrelado. Então olhei para baixo: a lua continuava oculta atrás de um amontoado de nuvens pesadas, o mar e a praia negros permitiam a visão apenas do brilho vago das pedras arredondadas nas quais as ondas batiam antes de rolarem sibilantes pela areia. Minutos depois eu chegava dolorido ao final da escada e cruzava os últimos metros de uma valeta coberta de pedras que dava na praia.

Os rochedos faziam daquele pedaço de praia em forma de crescente um abrigo, e pairava uma forte impressão de estar aninhado numa pequena bolsa da noite, molhada e escura, graças às paredes escarpadas atrás de mim e às ondas a sibilar na areia. Ergui a gola do paletó e curvei os ombros para a frente para me proteger do vento, agarrando com uma das mãos a bengala, para apoiá-la com firmeza a cada passo, nas pedras. Mantinha a outra mão no bolso, aberta e fechada no ritmo uniforme das pontadas de protesto vindas de Pino, do pulsar marinho e da maré alta e baixa de minhas próprias emoções; conforme avançava, via meu relacionamento com sua mãe como ele era — não como seu pai pensava, o encantamento de um jovem tolo e iludido por uma mulher mais velha e sofisticada, de jeito nenhum, nada poderia estar mais distante da verdade. A realidade de nosso relacionamento jamais poderia ser entendida nesses termos, como seu pai pensava; não, em estado de amor romântico é a *alma* que se manifesta, num diálogo de alma para alma, e todo o resto não passa de comportamento, mesmo o sexo. Pois, afinal, o que é o sexo a não ser um partir-se e fundir-se? A transformação de dois em um, a recuperação da *unidade perdida*, e foi isso que vi naquela noite, que ela e eu éramos — somos —: parte de um único todo. Isso, claro, não chega a ser uma idéia nova, nem minha originalmente. Trata-se do ideal platônico, surgiu na própria alvorada da civilização: sou um fragmento, uma peça partida; sou incompleto e inacabado. Cegamente, tateei meu caminho pelo mundo, buscando, embora não soubesse, o que me completava. Ela me completava, mas a perdi. E, tendo conhecido a fusão e o todo, tornou-se impossível viver sem isso — seria melhor *nunca ter sabido* que tal condição era possível.

Depois pensei: e o que posso esperar, agora? Só existe o uno: amo, não por necessidade, mas pelo reconhecimento da profunda comunhão espiritual que compartilho — com ela! Só com ela! Foi por isso que deixei Londres e por isso que sua perda marcou em certo sentido o final de minha vida, embora ainda fosse relativamente jovem. Contudo, escolhi prosseguir; preferi seguir minha vocação, servir, e todo o peso da decisão caiu sobre minhas costas naquela noite, quando finalmente dei meia-volta, regressei por onde viera e lutei dolorosamente para subir a escadaria. Os degraus que se estendiam à minha frente, cada um deles, exigiam que Pino fosse erguido, uivando, apoiado, erguido e apoiado, aqueles degraus eram como os dias que me restavam, cada um deles com suas exigências, seus esforços, sua dor. E nada de carinho como recompensa, nada de paz, amor, descanso, dádiva. Nenhuma dádiva até sua chegada, que fique bem claro.

Naquela noite, na escada, vislumbrei minha labuta até a hora da morte. E vi que para aliviar o fardo dessa labuta sobravam apenas algumas sombras tênues do amor: a poesia e a música, pois é da natureza da arte ser sombra ou eco do amor, a tentativa de representar o amor, mas uma tentativa condenada a produzir apenas melancolia, pois carrega dentro de si a falta ou a perda daquilo que aspira, ou seja, o amor. E esse é o único consolo que me resta — dei-me conta disso subindo de volta a Elgin naquela noite: só o que tenho são os restos e as sombras do amor, eu que um dia possuí a coisa em si.

E faço meu trabalho, sim, estou tratando dos pacientes, dou consultas todas as manhãs, realizo visitas vespertinas. Por mais que tenha perdido, e perdi muito, não perdi isso, minha dedicação ao serviço, ao dever. Faço meu trabalho, leio os poetas e observo a mudança do arco descrito pelo sol no céu conforme a primavera dá lugar ao verão e as sombras da tarde crescem e você, meu caro rapaz, jaz em meus braços, a morrer...

Aquela noite marcou uma mudança importante em meus pensamentos a respeito de sua mãe. Depois daquela noite não tentei mais reprimir minhas lembranças nem os sentimentos que elas inevitavelmente estimulavam. Entendi que nosso caso amoroso me influenciaria profundamente — seria capaz de me definir — pelo resto da vida. Sendo assim, escolhi não esquecer livremente. Não permitiria, decidi, que a memória se atrofiasse, definhasse e esmaecesse; eu a manteria viva, nutriria, faria dela um objeto de adoração e construiria um altar em meu coração no qual poderia exercer minha devoção, a cada noite. Sei que você percebe que sou um daqueles homens raros que, tendo amado, passam a considerar o amor a atividade espiritual mais significativa que alguém pode realizar. O amor, para mim, não é efêmero, não é uma emoção transitória, um estado passageiro, uma visita ou um mergulho na loucura ou no êxtase. Eu o vejo como uma condição a exaltar, sagrada até, uma condição na qual todas as faculdades humanas mais elevadas e melhores são aplicadas. Sua mãe me disse na noite em que nos encontramos que a paixão não era uma doença, e sim o melhor de que éramos capazes, nós, seres humanos civilizados. Ironicamente, fui eu que me mostrei capaz de abraçar essa idéia, enquanto ela...

Foi duro, no mínimo, enfrentar os dias seguintes ao jantar de Fig, lidar com as lembranças que se intrometiam constantemente em meus pensamentos. Lembrava-me de suas roupas, das conversas, do modo como comia, bebia, ria — tudo vinha à consciência, aos borbotões, em momentos aleatórios, e, apesar da decisão que eu havia tomado, jamais deixavam de me perturbar. Necessitava tanto vê-la novamente, eu *precisava* vê-la novamente, eu a *veria* novamente! Certa manhã eu examinava um senhor idoso com problemas pulmonares, debruçado sobre o paciente com o estetoscópio, quando, subitamente, vi o pulso de sua mãe — um pulso fino, um tanto ossudo, delicado, em geral até comum, mas que estava marcado indelevelmente em minha memória, e isso foi suficiente para me obrigar a sair do consultório e passar alguns minutos lutando para dominar a onda súbita de dor que me invadiu. Em momentos como esse eu perdia a fé: por que não conseguia abandoná-la?, me perguntava. Depois de tudo o que já sofrera, por que me seguir assim? Poderia facilmente invocar o lado negativo: remoer as mágoas sofridas direta ou indiretamente por causa dela; lançar uma densa cortina de fumaça de ressentimento e com isso tentar sentir alívio com o fim do caso, com a idéia de que eu escapara do constante turbilhão de sentimentos violentos que ela despertava em mim — porque não fazer isso, me perguntava, por que não vilipendiar a mulher, identificá-la como fonte e agente de todas as misérias por que passei nos últimos meses? Odiá-la, pensei, seria mais fácil do que continuar a amá-la desse jeito.

Mas eu não podia fazer isso. Tentei, mas não podia. Por que não? Por que não invocar sua imagem e colocá-la num espelho distorcido — nenhuma beleza continua perfeita em determinado ângulo, sob uma certa luz, nenhuma é imune ao grotesco, e o poder para efetuar a transformação está sempre com o observador — por que não? Mas eu não podia estragá-la; o horror ao estrago era, para mim, mais terrível do que a angústia diária da perda, uma perda tão profunda e de uma infelicidade tão convulsiva que por vezes eu achava que seria preferível morrer: não, o horror do estrago excedia a dor. A dor eu podia suportar, eu suportaria, mas deformá-la, renegá-la, violar sua imagem dentro de meu coração, isso eu não poderia fazer. Por que não? Porque — e aí eu suspirava, reconhecendo a ironia curiosamente mordaz de tudo — eu a amava. E isso jamais mudaria.

Não, isso jamais mudaria — isso nunca mudou, como você, mais do que todo mundo, pode confirmar. Caso contrário, como eu o receberia com tanto calor, se houvesse um traço de amargura ou raiva em meu coração? Ou, pior, se a tivesse esquecido, ou me tornado indiferente? Eu não a amava pelo que ela era, e sim por ela ser. Como pode ver, na medida em que tudo o que sua mãe tocava se impregnava de poder para mim (a mosca-no-vidro estava, e ainda está no meu bolso direito da calça, em todos os momentos), então não seria maior ainda, por extensão, o poder do ser que ela não havia meramente tocado, mas criado?

Contudo, o que ela criou, eles agora destruíram.

Pobre querido rapaz. Pobre rapaz *arruinado*, com a luz dos céus nos olhos moribundos — durma. Então, o que eu ia lhe dizer — que foi culpa de *Ratcliffef*? Não, isso seria ir longe demais, antes do tempo, concluí. Exagero de verdade. Vá com calma, disse a mim mesmo. Descubra qual o limite do garoto. O que ele consegue agüentar. Mais do que nunca, era vitalmente importante para mim que você compreendesse, pois de um modo curioso eu sentia que devia isso a *ela*, apesar de ter de carregar o segredo de sua doença — você precisava saber a verdade; e ao lhe contar o tipo de mulher que ela era, você poderia, assim como eu, carregar sua chama e seu espírito adiante, e desse modo ela nunca morreria, não de verdade. Um nobre impulso, não acha? Lamentavelmente, porém, você não teve a oportunidade de entender o que eu estava tentando lhe dizer antes de voltar do céu em chamas, como um deus moribundo, e agora voltarei a ser novamente a única testemunha e depositário, não somente de sua mãe, mas também de você, ou melhor, de ela *em* você, em fusão com você.

Um vasto hangar de aviões com teto curvo de metal corrugado e portas enormes de correr, pintadas de azul — era a primeira visão que se tinha ao entrar na base; à sua sombra ficava o refeitório dos pilotos. Com o tempo passei a conhecê-lo bem, aquela estrutura térrea pré-fabricada com suas poltronas funcionais, piso de madeira, algumas mesas espalhadas e um bar que ocupava a extensão inteira de uma das paredes, tendo no alto, como troféu, o motor de um bombardeiro alemão infeliz. Na outra extremidade do salão comprido e estreito havia um piano de armário maltratado, e eu me lembro de passar um dia por ali, a caminho da enfermaria, levando um susto ao ouvir flutuar no ar matinal, incongruentemente mesclado com os cheiros e sons dos aviões, as notas melancólicas de meu noturno favorito de Chopin. Olhei pela janela e vi um jovem piloto chamado Johnny Hart sentado ao piano maltratado, ainda exibindo as garrafas de cerveja da noite anterior no alto, com um cigarro entre os lábios. Fiquei tocado.

Mas na primeira noite em que fui convidado para ir ao refeitório não era Chopin o autor tocado no velho piano, longe disso — os pilotos estavam dando uma festa, uma festa para a qual você me convidara, para meu deleite. Eu andava preocupado, lembro-me, por causa de seu relacionamento com os outros pilotos, preocupado com o modo pelo qual um rapaz complicado e sensível como você era tratado por aqueles homens rudes e enérgicos. Não precisava me preocupar. O espírito da esquadrilha era diferente do existente em qualquer outra confraria masculina muito restrita que eu conhecera ou da qual participara. Debaixo das gargalhadas ruidosas e do martelar incessante do piano pude distinguir uma teia de intensa devoção mútua, de intimidade desarticulada, nascida, creio, do perigo constante compartilhado e da proximidade da morte súbita violenta — uma forma de *amor*, embora, é claro, fosse impossível dizer tal coisa a qualquer um de vocês, todos se sentiriam constrangidos e desprezariam a idéia.

Você estava no bar quando entrei. Viu-me à porta e imediatamente aproximou-se para me receber. "Oi, doutor", disse calorosamente, pegando-me pelo braço, "venha tomar um drinque com a Esquadrilha B." Você me apresentou a três ou quatro pilotos, jovens afáveis, limpos, vigorosos, que fumavam cachimbo e tomavam cerveja na postura típica da RAF, com as pernas afastadas, mãos enfiadas no fundo dos bolsos laterais das jaquetas. Fui servido de um gim duplo e me fizeram algumas perguntas, mas logo a conversa recaiu nos aeroplanos, acidentes e oficiais graduados, e ouvi com prazer o jargão da RAF saindo de suas bocas — a gíria que usavam para suas aeronaves, quedas e malabarismos, chamando os aparelhos de Spits e a morte de "baixar o pano". Ficou claro para mim que você era diferente dos outros homens; naquela noite percebi que eles também sabiam disso, e que o fato provocava neles certa deferência, certa cortesia, como se entendessem que aquele jovem magro era especial. Você não se juntava nunca ao grupo que cantava ao piano, preferia ficar ao lado dos fumantes de cachimbo que conversavam no bar, com seus ombros estreitos e quadris magros, um sorrisinho nos lábios e um dos outros rapazes a seu lado para atendê-lo — concordar com seus comentários, acender seu cigarro —, e era duro para mim não pensar em outra noite, em outro salão, e na mesma figura miúda de casaco de pele preto, olhando de relance para mim com um sorriso lânguido e olhos semicerrados...

... pois ela voltara, como eu sabia que faria, e voltara trazendo presentes — um livro de poesia e uma garrafa de gim. A poesia tornara-se uma de nossas paixões compartilhadas; eu mostrei a sua mãe os versos sublimes,

Ai de mim! No próprio templo dos prazeres
A Melancolia Velada tem seu santuário supremo...

Ela adorava essa ode, e com freqüência pedia que eu a lesse. Estava meio fora de moda ler os românticos, na época, mas não dávamos a mínima. Sim, ela acabou vindo. Minha agitação crescia a cada dia que passava, a cada dia sem sinal dela, nada, nem uma palavra, eu estava enlouquecendo; imagine o alívio quando recebi um recado marcando o dia em que poderia esperá-la. Fiquei à janela, vigiando Jubilee Road com impaciência crescente; finalmente vi um táxi parar na frente da casa, vi a porta se abrir, vi um sapatinho preto de salto baixo, o tornozelo coberto pela meia, a barra da saia, a mulher. Desci a escada e cheguei à porta da frente antes que ela tivesse tempo de tocar a campainha e chamar Desmond Kelly nos fundos da casa. Ela subia os degraus com cautela, pois havia gelo no piso, apoiando-se no corrimão com a mão enluvada, enquanto a outra segurava pacotes contra o peito protegido pelo casaco de pele. O chapéu era um artigo elegante, com aba estreita que caía para a frente, sobre um dos olhos. Ela ergueu o rosto para mim; a pele estava mais branca do que nunca no ar frio, os olhos ligeiramente úmidos, muito azuis, radiantes. "Oi", ela disse; abraçamo-nos no saguão, suavemente, como se temêssemos amassar um ao outro.

Ela subiu na frente, e por um instante fugaz uma sombra estranha cobriu minha alma. Carneiros para o matadouro: a frase saltou em minha mente, à toa, enquanto eu subia a escada atrás dela. Não falei nada, claro. No meu quarto ela seguiu direto para o aquecedor a gás e parou de costas para ele, tirando a luva. "O que você quer beber?", perguntei.

"Bem", ela disse, "primeiro, pegue isso" — me passou os pacotes — "e depois pendure meu casaco. Não, pensando bem, acho que seria imprudente tirá-lo agora. Vou ficar com ele mais um pouco." Aquele *sorriso*. "O livro e a bebida são para você."

Desembrulhei o livro e a garrafa. "Está fazendo um frio medonho", ela disse. "Obrigado, querido", agradeceu quando lhe dei o copo de gim. Estava sentada na poltrona, de pernas cruzadas, um tornozelo próximo ao outro, usando um conjunto cinza-chumbo de casaco e saia cortado ao estilo masculino, com ombreira e saia reta, além do casaco de pele preto. Jamais conseguiria tornar aquele quartinho miserável suficientemente quente para ela! Passado um minuto, ela levantou-se e aproximou-se de minha cadeira, debruçou-se para pegar meu rosto entre as mãos e perscrutar meus olhos por um momento, antes de dizer que lamentava ter me feito sofrer com a espera, nunca mais pretendia me fazer sofrer, embora achasse que provavelmente o faria.

Eu não entendi o que ela quis dizer.

"Ora, querido, use sua imaginação."

O momento passou, ela sentou-se novamente e começou a falar. "Estou inquieta demais para me concentrar nas palavras", disse, quando me inclinei para acender seu cigarro, antes de soprar a fumaça na direção do teto. Ela sabia que precisávamos tomar muito cuidado, Ratcliff nunca poderia descobrir, mas ficava louca da vida por não poder me ver, seu amante inteligente, nobre, formoso, que precisava tomar uma decisão terrivelmente difícil a respeito da carreira. "Andei pensando nisso", ela disse, "e concluí que você não deve se tornar cirurgião. Conheço o tipo. Eles perdem a noção do que realmente importa. Seus pacientes estão inconscientes quando fazem o serviço. Você lida tão bem com as pessoas! Aposto que seria mais bem-sucedido na clínica geral."

"Lido bem com as pessoas?" Nunca me ocorrera que eu lidava bem com as pessoas.

"Lida bem comigo, querido. Mas está tão frio aqui!"

Fiquei profundamente comovido e fui até a estante, tocando as lombadas de alguns volumes. Estava parado perto do fogo, com uma das mãos no bolso e a outra segurando o copo de gim. Meu coração disparara. "Conheço um *pub* gostoso", falei. "Muito discreto."

Ela se aproximou do fogo. "Você está parecendo um professor primário", murmurou. Tirou o copo de gim da minha mão e o pôs no aparador sobre a lareira, e então me abraçou. Pressionou o corpo suavemente contra o meu. Fechei os olhos. Levei uma das mãos às costas dela, a outra ao cabelo liso sedoso próximo à nuca — seu perfume em minhas narinas. Ela enfiou a perna entre as minhas. "Que *pub*?", sussurrou em meu ouvido.

"O Two Eagles", murmurei, passando a mão em suas costas, para cima e para baixo, debaixo do casaco, sentindo o toque sedoso da blusa e a pele macia sob ela. "Lá é quente, também."

"E discreto?"

"Sempre vazio."

"Ninguém vai lá?"

"Apenas eu."

"Será o nosso *pub*."

Tocamos os lábios. Ela me beijou. Era o beijo mais suave que se podia imaginar. Eu já estava muito excitado. Senti que molhava a calça. Ela se afastou de mim, com delicadeza. Meu batimento cardíaco era acelerado, a respiração, ofegante. Estava muito feliz, de um modo bem apalermado. Só pensava em abraçá-la, ficar assim para sempre. Seria o bastante. Disse-lhe isso. "Vamos para a cama?", ela sussurrou.

Depois se sentou na poltrona, na frente da lareira, e eu no chão, com a cabeça em seu joelho. A tensão inacreditavelmente extraordinária permanecia no ar — como isso é raro e doce! Ela sentia a mesma coisa, disse-me; pensava: recebemos uma dádiva, mas de onde veio? "Lembro-me de que seus olhos eram verdes", falei.

"Eles ficam azuis no frio", falou, e rimos! Como ríamos! Não havia a menor graça, mas tamanha felicidade encontrava no riso uma válvula de escape. Em seguida, bebemos mais gim; não fez diferença, já estávamos altos. "Você viu o livro?", perguntou. Keats. Abri o volume, ao acaso. "Ela não pode esmaecer, embora não tenhas tido teu êxtase", li. "Para sempre amarás, e ela permanecerá linda." Aquilo nos deixou mais sóbrios. Ergui os olhos do livro e a fitei; ela virou o rosto de lado.

Ela me contou depois o que sucedeu quando voltou para casa naquela noite. No táxi, disse, passou pó no rosto, sentindo-se culpada e desleal. Ao mesmo tempo, emoções mais fortes a inundavam, emoções associadas a mim, a meu idealismo e a meu amor. Floresciam silenciosamente, disse, na escuridão de seu coração, mas, sentada num táxi gelado a caminho de casa, de Plantagenet Gardens e Ratcliff, sentia-se miserável.

De repente, disse, seu estado de espírito mudou. Ela se deu conta de que não se sentia tão mal assim em relação ao caso. Um momento de crueldade doméstica ou indiferença da parte de Ratcliff — a mera lembrança da atitude dele, contou, fez voltar por um instante fugaz a repulsa matrimonial que sentira milhares de vezes — o estímulo fora o bastante, dada a delicadeza de sua condição moral e emocional naquela altura; esqueci-me exatamente do que foi. Qualquer que fosse, pensou novamente em mim e a ansiedade desapareceu. Tudo vem da compreensão da renúncia, disse — como é fácil renunciar ao prazer, e como é jovial sua lembrança, em comparação ao tédio da automortificação. Ela se livraria da culpa, disse; o Natal estava chegando, você estaria em casa, não era o momento para o espectro do adultério assombrar o local.

Foi com essa imagem predominando em sua mente — o espectro do adultério a assombrar a casa — que pagou o táxi e entrou. Viu a luz acesa no escritório de Ratcliff. "É você?", ele perguntou quando ela fechou a porta da frente delicadamente.

Ela parou na frente do espelho do saguão, tirando o chapéu. "Sim, sou eu", respondeu.

"Entre, vamos tomar algo antes de dormir."

Meu Deus. Ela temia isso. Ele soava cordial. Ela contava ser capaz de subir discretamente para o quarto. Em nove entre dez vezes isso não apresentaria dificuldade; em nove entre dez vezes a porta do escritório estaria fechada, o marido envolvido em seu precioso isolamento, feito uma larva no casulo. Mas não, logo naquela noite ele resolveu ser cordial! Foi fácil demais para mim reconstruir o que sucedeu em seguida; sua mãe conversou longamente comigo sobre Ratcliff, pois sempre tive muita curiosidade em saber o que acontecia entre os dois. Parou na porta com a mão na boca, disfarçando um falso bocejo. "Não quero tomar nada, Ratcliff", disse. "Estou exausta."

"Entre um pouco", ele disse. "Quero falar com você." Um susto ligeiro — sobre o quê? Sentado na poltrona de couro, com um copo de cristal lapidado perto do cotovelo, contendo uísque e a lâmpada de leitura apontada para o livro em suas mãos, usava o paletó de veludo cinza e chinelo de couro fino.

Ela entrou. Percorreu a estante de livros, mantendo-se de costas para ele. Tirou um volume ao acaso e o folheou distraída. O carpete sob seus pés era espesso, a luz, quente, o odor do charuto fumado após o jantar ainda podia ser sentido de leve. "Como vai Brenda?"

"Na mesma."

"Foi uma noite agradável?"

"Claro. É bom sair com uma amiga." Ela se virou para encará-lo, ainda com o livro na mão. "Falamos de nossos maridos, analisando suas muitas qualidades."

Ele franziu a testa. Por que fazer isso, ela pensou, para que provocá-lo? É isso que acontece nos casamentos, ela me disse — alguém sempre dá uma alfinetada, o ressentimento nunca cessa. "Queria falar com você a respeito de James", Ratcliff disse. "Mas creio que isso pode esperar até amanhã de manhã."

Ela notou a frieza na voz dele. "Lamento, querido. Não queria ser desagradável. Estou cansada, acho melhor subir."

Ele fez que sim. Ela deixou o livro de lado, cruzou a sala e beijou sua testa. "Lamento", murmurou, seguindo para trás da poltrona para massagear as têmporas do marido.

"Hum", disse. "Isso é delicioso."

"Dor de cabeça?"

"Desde as duas da tarde. Não adianta mais tomar nada."

Ela continuou a massagear as têmporas, a testa e a nuca. Ele havia engordado nos últimos anos; seus dedos manipulavam uma camada grossa de gordura no colarinho. Ela sempre comentava como era desagradável tocá-lo. Ele gemeu de prazer. "Nada me alivia, exceto você."

"Coitado. Você trabalha demais." Era um diálogo batido.

"Sem dúvida. Mas isso é bom, querida." Ela sentiu os músculos tensos debaixo da gordura flácida, sentiu que relaxavam conforme trabalhava a tensão com os dedos. "Posso ir ter com você mais tarde?", ele disse, com suavidade.

"Acho melhor não, esta noite. Estou muito cansada."

"Como quiser." Novamente, o frio repentino; o *gelo*.

"Boa noite, Ratcliff", disse. Era típico, contou-me, que a ternura do marido, raramente despertada, desaparecesse abruptamente ao menor sinal de rejeição. Mas ela não fazia o menor esforço havia anos. Era gordo, sempre cheirando a formalina. O cheiro a fazia pensar no laboratório de patologia, nos cadáveres. Chegava cheirando a morte, ela disse, charutos, uísque e morte. Ela subiu para o quarto e sentou-se à penteadeira. Abriu o pote de creme de limpeza e começou a passá-lo devagar na pele, com a ponta dos dedos. Sentia-se calma e triste agora que a consciência não a atormentava mais.

Tudo isso passou voando pela minha mente nos poucos momentos em que estive no bar do refeitório, fingindo interesse pela aventura nas alturas relatada por um piloto de caça — enquanto observava seu rosto. Que você gostava de estar entre eles era claro, exultava discretamente, a seu modo, por estar na companhia daqueles jovens ousados, formosos e bravos, encontrava um imenso prazer no relacionamento intenso, fisicamente envolvente que vigorava ali, embora sem participar totalmente — você apenas observou, por exemplo, quando tarde da noite o pessoal da esquadrilha formou um crocodilo humano e saiu rastejando pelo salão, puxando as saias e as calças dos visitantes. Era óbvio para mim seu temperamento estranho, inesperado para um piloto de caça — havia um traço agressivo, competitivo, em quase todos os pilotos que eu conheci na base, e isso parecia lhe faltar, e naturalmente eu pensava no que acontecia quando você subia para a cabine, se esse traço se manifestava lá. Só mais tarde compreendi que você era quase desprovido desse lado agressivo, e que provavelmente se tornara um piloto de caça para compensar essa falta e provar a si mesmo que era um homem de verdade.

No decorrer da noite fui apresentado ao médico da base, e na manhã seguinte fui até lá de carro para oferecer ajuda, que ele aceitou agradecido. Boa parte dos meus pacientes mais idosos já havia morrido naquela altura, outros receberam alta, e eu tinha tempo de sobra. Além disso, durante os períodos mais longos de desespero, no outono e no inverno, eu não devo ter sido tão diligente na clínica quanto deveria, e os novos pacientes escasseavam.

Agora, porém, minha disposição mudara, eu estava ansioso para trabalhar novamente. Recordo-me de ter estacionado perto da enfermaria, mas antes de entrar parei por um momento na beira da pista, apoiado na bengala, e olhei para o outro lado do gramado, para o alojamento mais distante, onde a esquadrilha descansava em espreguiçadeiras. Era um dia claro e quente, poucas nuvens altas e fofas como travesseiros cruzavam o céu azul forte, e você parecia muito à vontade, lânguido na espreguiçadeira, cochilando ao sol. A luz refletia na cobertura de Perspex das cabinas dos Spitfires alinhados asa com asa no gramado, ali perto, e no instante em que eu o observava uma cabeça surgiu na janela do chalé e gritou uma única palavra de comando — e você pulou. Já não havia nada de lânguido na atitude de todos! Vocês cruzaram o gramado correndo (visão maravilhosa!), ajeitando os pára-quedas por cima dos casacos de couro esvoaçantes, as calças presas dentro das botas pesadas, as cabeças cobertas por capacetes justos de couro com as tiras ainda soltas e os óculos de aviador por cima, e em poucos segundos vocês subiam para as cabinas e ligavam os motores. Depois, um por um, taxiaram na grama, soltando fogo pelos escapamentos, e logo estavam decolando, entrando em formação e subindo rapidamente!

Quando saía da base, após uma hora, vi um Spitfire solitário pousar e vi o piloto pular para fora da cabina e correr silenciosamente pelo gramado, tendo testemunhado (imaginei) a queda do avião em chamas de um companheiro com quem jogara xadrez uma hora antes. Curioso, você ter sido enviado para as colinas acima da mais moribunda das cidades costeiras, sua presença, recordo-me, parecia por vezes como um sussurro de magia negra, como se o espírito tivesse sido soprado para dentro de um morto.

* * *

Como era de se esperar, meu relacionamento com seu pai no hospital tornou-se cada vez mais constrangedor. Não gosto de condená-lo sem tê-lo conhecido bem, mas era duro, à luz do que sua mãe me contava sobre a vida em Plantagenet Gardens, não sentir animosidade em relação a ele. Certo dia, pouco depois da morte de Belle Sylvester (ela não saiu mais do coma), eu estava na Patologia vendo Miggs realizar uma craniectomia daquela senhora. Depois de cortar o couro cabeludo e afastar a pele, ele serrou o crânio exposto e removeu uma parte com o cinzel para cabeça. Como gostava do serviço, aquele homenzinho repulsivo! Sorriu para mim como uma hiena, quando completou o corte. "Como uma noz, não é?", murmurou. Ergueu o pedaço do crânio com um floreio. Vi claramente que a dura-máter estava coberta por uma secreção fibrosa semelhante a açúcar, e percebi que acertara o diagnóstico. Meningite. Não poderia ter feito nada a respeito.

Deixei a sala de autópsia e quase colidi com Ratcliff, que também subia usando avental preto de borracha sob o jaleco engomado branco aberto. Levava o charuto entre os dentes e seus modos eram bruscos. "Ah, doutor Haggard", disse. "Divertiu-se bastante com a mulher?"

Por um instante, atônito, eu entendi mal suas palavras, mas ele se referia a minha paciente. "Dentro do que eu esperava, doutor", falei. Tentei dar a impressão de estar com muita pressa, o que era verdade. "Não corra", ele disse. "Vamos subir juntos. Este é um hospital-escola, formamos uma comunidade intelectual, devemos arranjar sempre tempo para conversar. Sabe", disse, enquanto percorríamos os corredores sem janelas do porão do hospital, passando pela sala do incinerador, sob a tubulação revestida que sibilava e pingava, "muita gente lá em cima tem uma opinião estranha a respeito do que se passa aqui no porão. Não precisa bancar o educado, conheço os comentários. Mas gostaria de lembrar o que o grande Romberg Snoddie me disse, há muitos anos. É o *páthos* que condiciona o *lógos*, percebe aonde quero chegar?"

Páthos e *lógos*? Sofrimento e ciência? Muito esquisita a idéia de bate-papo de seu pai. Senti o cheiro de formalina — o cheiro da morte! — ao murmurar algo, esqueci o quê, algum comentário banal sobre a anatomia mórbida.

"Precisamente. Agora, me responda: o que é a medicina?"

Subíamos a íngreme escadaria de pedra que levava ao térreo, em dois lances. O corrimão de madeira se prendia à parede por apoios de latão; gerações de médicos, técnicos de laboratório, arquivistas médicos e faxineiros o poliram. O que era a medicina? Eu devia estar na sala de operações há cinco minutos. Vincent Cushing ficava furioso quando o faziam esperar. Seu pai não esperou pela minha resposta.

"A ciência da vida", disse, parando no patamar a meio caminho para acender de novo o charuto. "Mas a vida, doutor, só pode criar sua ciência por meio da disfunção e da dor."

"Entendo", falei. A avidez com que grudou em mim — estaria, ocorreu-me subitamente, suspeitando de alguma coisa? Meu desconforto aumentou.

"Analiso a disfunção", ele disse, "enquanto você lida com a dor, correto?"

"Suponho que sim."

"Atividades complementares. A terapêutica só pode progredir com base na patologia. Aposto que você já ouviu isso antes."

"Inúmeras vezes, doutor Vaughan."

"Não banque o sabichão comigo, doutor Haggard."

Isso foi dito de modo bem ríspido, realmente. Parei e me virei, enquanto seu pai soltava uma risada curta e batia no meu ombro. "Não perca o *páthos* de vista, doutor", gritou, afastando-se com passadas largas no salão.

Mais tarde, quando almoçava com McGuinness no refeitório coletivo dos internos, mencionei o que seu pai havia dito. "Sujeitos curiosos, os patologistas", McGuinness comentou, "muito curiosos, mesmo. Nunca conheci um com quem simpatizasse. Que tipo de médico gosta de passar o dia entre os mortos? Em certas culturas o corpo fica dentro de casa até apodrecer. Creio que um instinto primitivo qualquer leva o sujeito à patologia. Sinto pena da mulher dele."

"É?"

"Imagine viver com Ratty Vaughan."

Encontrei tudo calmo na enfermaria naquele dia e pude pensar nas palavras de McGuinness. O que afinal levava um médico a dedicar a carreira a cadáveres em vez de tratar de seres humanos vivos? Uma deficiência na esfera emocional, sem dúvida. Comecei então a ver o comportamento de seu pai em casa de um modo muito mais claro. Ele era o patologista-chefe, mas também um primitivo emocional; e a idéia de que um homem assim pudesse estar casado com uma mulher rara e delicada como sua mãe — eu achava difícil de aceitar — me deixava muito revoltado. Ainda deixa. Veja bem, creio que ele não destruiu apenas a chance que ela teve de ser feliz; ele destruiu a sua também.

Foi a pressão de Ratcliff que o levou a entrar para a RAF e tornar-se piloto de caça? Ele era um machão agressivo, com seu avental de borracha, sua voz estrondosa e seus charutos enormes; não era difícil imaginá-lo impondo seu próprio ideal deturpado de masculinidade ao filho. Por vezes, você parecia tão novo, praticamente um menino, e me impressionava — *deslumbrava*, na verdade — pensar nas atividades que desenvolvia diariamente no céu. Eu olhava para aquele rosto fresco, jovial, para os olhos claros sob as sobrancelhas castanhas finas convergindo em delicada ponta no alto do nariz reto, e em torno dos lábios vermelhos nenhum sinal da ironia cansada que inevitavelmente se aloja num rosto inglês — você não precisava se preocupar com mais nada, além de latim, bastões de críquete e ser um bom rapaz! Não chegava a ser difícil imaginar Ratcliff tentando transformá-lo num homem "de verdade" e você sucumbindo, entregando-se àquilo com disposição, temendo admitir a ele e talvez a si próprio quanto era profundamente inadequado por natureza para a tarefa de pilotar um Spitfire. Embora nunca tenha duvidado de seu amor por voar — isso sempre esteve claro para mim, pelo modo como seus olhos se acendiam quando tocava no assunto. Uma vez você disse que estar em terra firme era como ser cego, e perguntei se pensava que eu era um cego.

Você fez uma pausa. "Não, você não é", disse. "Não se distrai com as pequenas coisas. Tem imaginação, é um piloto na alma."

"Sinto-me lisonjeado."

Você corou. "Lamento, fui impertinente?"

"Não, meu caro rapaz", falei, "claro que não! Estou contente em saber que me considera um piloto na alma — infelizmente, sinto-me como um camarão aleijado na maior parte do tempo."

Fui sincero, também; valorizei o elogio e o mantenho junto a mim como a mosca-no-vidro que sua mãe me deu de Natal...

... Natal de 1937, quando estávamos profundamente apaixonados... mas forçados pelas circunstâncias a manter nosso amor longe da vista de todos, e a nos encontrarmos sempre em lugares pouco freqüentados, onde ninguém nos conhecia — amor nas sombras. Lembro-me de ter descrito a ela meu encontro estranho, constrangedor, com seu pai na escada de St. Basil, e lembro-me de que ela sorriu. "Isso é típico de Ratcliff", disse, e o calor que acompanhou as palavras me surpreendeu — seria afeição? Nada assim forte, com certeza. Familiaridade, sim. Tédio, desprezo? Difícil dizer. Seus pais estavam casados havia dezessete anos, sei bem que padrões complexos de sentimentos se desenvolvem durante longos períodos de intimidade, mas mesmo assim — bem, eu não soube como interpretar.

Ela só poderia me ver depois do Natal; insistiu para que eu passasse alguns dias fora, achava que eu precisava descansar. Só tenho vinte e quatro horas de folga, expliquei. Mas tinha um tio, irmão de minha mãe, um senhor idoso que vivia numa cidadezinha da costa sul, e ele escrevera em novembro, convidando-me para almoçar no dia de Natal. Por insistência de sua mãe, aceitei o convite, embora hesitante: teria preferido desfrutar as emoções de meu coração apaixonado em Londres, gostaria de atiçar as chamas de meu desejo incessante e obsessivo de estar sozinho com ela na frente do aquecedor a gás em Jubilee Road. Vejo hoje quanto foi importante minha ida; se houvesse permanecido em Londres jamais teria conhecido Griffin Head, nem retomado o contato com um tio que eu não via desde que era menino.

Natal em St. Basil. O lavatório ao lado da cirurgia fora enfeitado com bandeirolas e faixas e todos pareciam animados. Enquanto nos lavávamos para a cirurgia, ouvi conversas exaltadas sobre a Alemanha e a crescente tensão entre os países. Dei-me conta, ao passar talco nas mãos, o modo mais fácil de remover as luvas cirúrgicas depois, de que minha atitude diante da perspectiva de guerra mudara, eu não tinha mais a sensação de fatalismo sombrio que costumava ter, agora que o futuro trazia promessas para mim. Agora eu temia a comoção e a destruição que a guerra traria — agora tinha algo a perder. Isso também valia para o resto da equipe de cirurgia, percebi claramente pelas conversas. Cushing deu a última palavra, como sempre. "Servirá para demonstrar", disse, quando seguíamos para a sala de operações, onde realizaríamos uma delicada cirurgia no sistema nervoso simpático, "que os ingleses, politicamente falando, estão divididos ao meio." Ele parou com os antebraços erguidos, as mãos apontadas para o céu, enquanto a enfermeira nos vestia, prendendo o traje nas costas. "Racionalmente", Cushing prosseguiu, "aderimos aos princípios democráticos. Emocional e imaginativamente" — as pinças estalaram, as suturas foram feitas, o corte era uma floresta de instrumentos curvos de aço — "conservamos um apetite pelos rituais e cerimônias. Daí nossa adoração da monarquia. Certamente, ela é muito mais benigna" — e cortou a primeira das pequenas fibras que saíam dos tendões torácicos e lombares — "do que as coisas feitas pelos alemães. Onde temos a realeza" — franziu a testa, rosnou algumas ordens sucintas, pediu mais retração —, "eles têm o Partido Nazista." Aí ele começou a falar de pressão sangüínea diastólica, de vascularidade arterial, e a operação seguiu em frente. Fale por si, pensei. Não me preocupava a realeza, mas sua mãe. Se a guerra viesse — e provavelmente viria — e a perdêssemos — como provavelmente perderíamos —, que lugar haveria no novo mundo para o amor?

O nome de meu tio era Henry Bird, ele residia numa casa branca pequena, que dava para a esplanada de Griffin Head. Bem, nem preciso descrever a cidade para você! Com freqüência, nos divertimos com a questão de Griffin Head — só através de seus olhos fui capaz de ver o local com humor e afeição, antes de sua vinda eu era profundamente infeliz aqui. É uma estância balneária eduardiana, e nos anos anteriores à guerra os residentes eram em sua maioria idosos e inválidos, aposentados que foram morar na praia depois de encerrar a carreira de profissionais liberais, corretores da bolsa ou funcionários dos bancos de Londres, ou como funcionários da administração colonial ou do serviço diplomático, no exterior. O lugar lhes oferecia paz e sossego, e conforto na convalescença. Uma dúzia de hotéis e pensões cuidava do pequeno número de visitantes que apareciam durante o verão, mas oferecia atrações escassas para o tipo mais vulgar de veranista, daí a fama da cidade pela atmosfera de típica sofisticação inglesa estagnada.

Viajei na manhã de Natal. Frágil mas animado, meu tio Henry passara a vida trabalhando como secretário particular de uma abastada senhora da aristocracia local, já falecida, e que pelo jeito fora generosa para com ele em seu testamento. Intensamente sociável, encantador e efusivo, além de espetacularmente elegante num terno azul-escuro com camisa branca e gravata-borboleta rosada, ele me recebeu com muito carinho — "Meu caro rapaz, mas que alegria revê-lo!" — e preparou coquetéis fortes. Sentados na sala de visitas minúscula mas bem-arrumada, ouvi meio distraído a descrição alegre de sua coleção de antigüidades. Minha chegada coincidiu com uma forte tempestade de inverno: a ventania salgada fustigava os prédios à beira-mar, ondas batiam no quebra-mar com tamanha intensidade que as colunas de água subiam dez metros no ar, transformando-se em espuma branca. Olhei através da janela panorâmica de tio Henry e senti uma espécie de identificação entre a fúria dos elementos lá fora e a turbulência dentro de mim: este, pensei, saboreando o conceito, é o clima do meu coração. Patética falácia, devo confessar, o que não lhe tira a força, contudo. Saboreamos a galinha com purê de batatas e couve-de-bruxelas, um bom clarete que ele havia guardado para a ocasião, pudim de ameixa, nozes, tâmaras, queijo e vinho do Porto, enquanto eu ouvia tio Henry se deliciar com as lembranças dos velhos tempos nos palacetes. "A vida é muito diferente agora", ele murmurou, saudoso e comovido pelo vinho do Porto. "Tudo mudou." Suspirou. "Por vezes, deito-me na cama de noite e ouço as ondas quebrando no mar, e penso que tudo não passa de um sonho, que só o mar é real."

Depois do almoço saímos para dar uma volta. De capote e chapéu, seguimos pela beira do mar, passando pela parte velha da cidade, com suas ladeiras estreitas calçadas de pedras que levaram minha imaginação a visualizar Griffin como devia ter sido em 1700, um paraíso de contrabandistas de perna de pau, chapéus enviesados e brincos de argola. O vento atirava a chuva salgada em nossa face, achatava a roupa contra o corpo e nos obrigava a segurar o chapéu com força na cabeça. Com alguma dificuldade atravessamos a esplanada e paramos no quebra-mar, olhando as ondas que explodiam e quebravam, uma atrás da outra, e depois recuavam, sugando e puxando a única tábua pregada aos molhes de madeira gastos que dividiam a praia em seções, cheios de algas. O cachecol de tio Henry flutuava como um estandarte. Ele sorria entusiasmado para mim, tecendo comentários que eu não conseguia escutar.

Depois de um tempo demos as costas ao vento e seguimos no rumo leste, ao longo da avenida vazia, para o píer, que praticamente desaparecera atrás da barreira de chuva e névoa. Sob as nuvens escuras e baixas, as gaivotas subiam e giravam e piavam ao vento. Tio Henry não quis percorrer o píer, por isso fui sozinho e parei agarrado ao parapeito, atrás do pavilhão que havia no final, enquanto a violência do mar me rodeava. Minha cabeça estava ensopada, a água salgada escorria, uma sensação maravilhosa. Dei meia-volta e olhei para o lado da terra, vi pela tela de chuva forte a cidadezinha fustigada pela tormenta, encarapitada no morro, formando fileiras, com a parte antiga mais baixa, os terraços das vivendas estilo regência mais acima e no alto as mansões neogóticas protegidas por sebes altas e árvores antigas. Apesar de o tempo embaçar a visão, no impacto geral predominavam a verticalidade, as linhas destacadas, os perfis recortados, e exultei com a beleza estranha, bruta e saliente do lugar, pois exprimia minha condição e sentimento, como já disse. Mais para leste, os penhascos se projetavam contra o céu furioso, algumas poucas casas velhas orgulhosas erguiam-se lá no alto; uma delas era Elgin, embora eu ainda não soubesse disso ainda; adiante, o mundo visível se perdia nas sombras vespertinas.

Depois que voltamos, tio Henry me contou na hora do chá com bolinhos uma curiosa história a respeito da cidade. A oeste de Griffin Head, disse, havia uma igreja a vinte metros da beira do despenhadeiro. Com o passar dos anos, o mar cavou sistematicamente a base, até que a destruição da igreja pareceu iminente. Ela foi dessacralizada e abandonada. As paredes de pedra desabaram, a torre e o muro sul caíram, a hera cobriu rapidamente o que restava. Como era de se esperar, um ambiente de melancólica desolação imperava ali, e não tardaram a surgir relatos de formas espectrais perambulando pelas ruínas. Então, numa noite tempestuosa, no inverno de 1917, uma tormenta derrubou o penhasco e levou as ruínas da igreja. Na manhã seguinte, as pedras apareceram espalhadas na praia. O que mais perturbou os moradores locais, porém, não foi a perda da igreja, o que se esperava havia anos; não, disse tio Henry (cuja disposição fora reanimada pela nossa caminhada), o que mais os perturbou foi o mar ter cavado o cemitério, deixando claramente visíveis na face do novo penhasco alguns esqueletos humanos. Ainda estão lá, falou. "Volte para me visitar novamente, meu caro rapaz, e lhe mostrarei as ossadas."

Uma aura de melancolia invade todas as instituições, na época do Natal. Apesar dos notáveis esforços da equipe, o ar festivo no hospital só servia para enfatizar o que faltava: tudo o que é íntimo, familiar e doméstico. Quando cheguei a St. Basil, tarde da noite, encontrei uma atmosfera cinzenta, deprimente. A viagem de trem do litoral para a cidade já ajudara a destruir a tarde agradável. Minha cabina era suja, sem aquecimento, sentei-me a perscrutar a escuridão, fumando um cigarro atrás do outro, tentando não tremer de frio, pois meu sobretudo ainda estava úmido, apesar do galante esforço de tio Henry para secá-lo perto da lareira. Restavam apenas poucos dias para que eu visse sua mãe novamente, mas nem esse pensamento conseguiu estimular minha imaginação, tão avassaladoramente anti-romântica é a viagem de trem pelo sul da Inglaterra no inverno. Uma mulher jovem, mas cansada, compartilhava a cabina comigo, acompanhada de dois filhos que haviam consumido doces demais durante o dia e que sofriam as conseqüências agora, como era de se esperar. Todos sofríamos as conseqüências. Nunca fiquei tão contente ao ver Victoria Station. De volta a Jubilee Road, fui para perto do aquecedor a gás usando o robe xadrez e uma xícara de chá reforçada com gim, sentindo pena de mim.

Os dias entre o Natal e o Ano-Novo sempre me pareceram um buraco negro no calendário. Dias de desolação. Contudo, na tarde do dia 26, comecei a pensar na iminente visita de sua mãe, e de repente ela pareceu tão próxima que senti a onda visceral familiar, o calor e o tiritar, e meu ânimo melhorou. Havia uma carta para mim quando voltei de St. Basil no dia 29, na caligrafia já bem conhecida: podia encontrá-la no Two Eagles? Desapontei-me ao ver que ela não viria a Jubilee Road, mas entendi o motivo, o frio, obviamente. Talvez pudéssemos vir para cá depois.

Cheguei cedo, e ela, atrasada — e os vinte e poucos minutos que passei sozinho provocaram vários ataques fulminantes de pânico, cada vez que eu considerava a possibilidade de ela não aparecer. Mas, finalmente, chegou, perturbada e ausente. "Um gim duplo, querido", disse. "É o que preciso."

"Pensei que você não vinha mais", falei. "Achei que poderia ter lhe acontecido alguma coisa."

"É mesmo? E o que poderia ter acontecido comigo?" Ela abria a bolsinha de cigarro. Seus olhos não deixaram de fitar meu rosto enquanto levava o cigarro aos lábios. Tirei a caixa de fósforos do bolso e quando ela se debruçou na direção da chama seus olhos permaneceram fixos nos meus. "Desculpe-me", falei. "Estou bancando o idiota?"

Ela inalou com força e balançou a cabeça. A mão pálida fez um gesto, por cima da mesa, e pousou em minha manga por um momento. "Você não está bancando o idiota", disse, séria. "Obrigada por se preocupar comigo."

"Vou pegar o gim para você."

Quando me sentei novamente, ela disse, "Tenho um presente para você".

"Tenho um para você, também", falei. "Você parece cansada. A vida está muito difícil?"

"Não consigo dormir direito", disse, estendendo o braço para pegar a bolsa. "Mas desconheço o motivo."

"As coisas vão mal em casa?" Por um momento, vislumbrei mentalmente o rosto do patologista-chefe e ouvi sua voz de barítono: "É o *páthos* que condiciona o *lógos*, doutor!". E depois o comentário ferino de McGuinness: "Creio que um instinto primitivo qualquer leva o sujeito à patologia. Sinto pena da mulher dele". Ela me entregou um pequeno objeto embrulhado em papel verde-claro. "Não sei se vai gostar", disse. "Mas pensei em você ao vê-lo, por isso o comprei. Foi um impulso."

"Sei. Um impulso", falei, e peguei o presente. Ela não havia respondido a minha pergunta sobre a vida em casa, mas senti imensa ternura com a idéia de que havia pensado em mim ao ver um artigo na vitrine de uma loja. Que eu estivesse presente em sua mente quando não estávamos juntos, assim como ela estava na minha — e saber disso, ouvir de seus lábios em vez de simplesmente divagar se o seu envolvimento comigo espelhava o meu com ela, aquilo me afetou com mais intensidade do que eu julgava possível. Falávamos tão pouco sobre nossos sentimentos, uma pena! Todavia, o tempo inteiro, nas profundezas obscuras do coração, algo vinha crescendo: o amor. O crescimento do amor. Desdobrei o papel e descobri dentro dele um pedaço de vidro em forma de pedregulho, chato no fundo, com uma mosca dentro. "Meu Deus", falei. "Como eles a puseram lá dentro?" E ergui o vidro contra a luz. Inteira e perfeita, uma mosca comum, *Musca domestica*, estava suspensa no vidro como se congelada em pleno vôo, como se o ar pelo qual se movia tivesse solidificado abruptamente, aprisionando-a pela eternidade. Conforme a virava na mão, filetes de luz refletiam e dardejavam na superfície lisa e curva. "Não é curioso?", ela disse. "Gostou? Achei que daria um bom peso para papéis. Ou você pode apertá-lo na mão nos momentos de fúria."

"Vou deixá-lo sempre em meu bolso", falei. Coloquei o objeto sobre a mesa, em seu ninho de papel amarrotado. "Vai me dar sorte."

"De alguma maneira."

Dei a volta na mesa e abaixei-me para beijar seus lábios. Ela virou o rosto ligeiramente e deu-me a face. A mão se levantou e tocou meu rosto, de lado. O beijo durou pouco mais que um segundo; seguiu-se um momento confuso, no qual perdi o controle e beijei seu pescoço, depois sentei-me bruscamente, passei a mão no cabelo, enquanto ela me observava, sorrindo de leve. "Sei que é difícil", ela disse. "Lamento, querido." Balancei a cabeça e ergui o copo, num brinde mudo a ela.

Quando chegou a hora de ir embora, ela ainda não havia respondido a minha pergunta a respeito da vida em casa. Levantei-me da mesa, coloquei o vidro com a mosca no bolso da calça, onde podia sentir sua dureza na coxa, através do tecido.

Mais tarde, naquela noite, eu estava em meu quarto, aprontando-me para ir a St. Basil. Trocava de camisa na frente do espelho da porta do guarda-roupa, o vidro com a mosca na mesa atrás de mim, bem debaixo da luz da luminária. Quando perdi o controle por um instante, no Two Eagles, e beijei seu pescoço, ela disse: "Sei que é difícil. Lamento, querido". Mas o que isso queria dizer — o que era difícil? Viver nossa paixão em circunstâncias tão difíceis? Ou outra coisa — não poder ir até Jubilee Road para fazer amor, por exemplo?

Pouco depois, ela acreditou ter ouvido a voz de Ratcliff no outro salão do bar. Apurei os ouvidos e também o escutei; falava do papel do hormônio pancreático no metabolismo dos glucídios. Trocamos olhares, assustados, por um momento — levantei-me, fui até o balcão e cautelosamente entrei no outro salão — onde só havia uma turma de vendedores contando piadas. Claro, era um sintoma da natureza furtiva de nosso relacionamento, e isso me abalou. Jamais imaginara que a mulher que o destino me reservara para amar estaria casada com outro homem — e não qualquer homem, ou qualquer médico, mas um colega. Bem, Ratcliff Vaughan era uma criatura estranha, fria, disse a mim mesmo, quase inumana, um *patologista*, pelo amor de Deus! O que quer que ocorresse em Plantagenet Gardens, dificilmente valeria a pena considerar. Aquela mulher triste, adorável, ao lado do primitivo. Com tais pensamentos rondando minha cabeça, tentei novamente dar o nó na gravata; meus dedos tremiam e não conseguia ver nada direito no espelho, e não havia nada que eu odiasse tanto quanto um nó malfeito.

* * *

O nó foi dado, mas eu não me afastei do espelho do guarda-roupa. Meu Deus. Era capaz de meu raciocínio inteiro estar errado. Conhece a sensação — talvez não tenha idade suficiente — de levar um susto medonho, a surpresa que vem após considerar uma questão por vários dias, e de repente descobrir um ponto de vista no qual categorias previamente inimagináveis são válidas, e todos os valores abruptamente mudam...?

Dez minutos depois eu saí de casa e segui pela Jubilee Road para St. Basil. Era uma noite fria e ventava. Eu estava de plantão no pronto-socorro, mas felizmente não aconteceu nada. Por volta das duas, porém, chegou um sujeito cuja mão fora terrivelmente esmagada durante a operação de equipamento pesado, no turno da noite de uma fábrica. Chamei McGuinness, pois os danos eram profundos. Apliquei compressas de vaselina no ferimento enquanto pensava nos caixeiros-viajantes do Two Eagles; de repente — dói recordar isso — de repente o caso com sua mãe, comparado à situação de um homem que sofria dores fortes e corria o risco de perder a mão, parecia tão estúpido e indulgente que me senti ridículo. Mas era *importante*, isso eu não podia negar, ela era importante, eu a amava e o *amor* era importante — como, então, isso poderia ser ridículo? Contudo, era. Senti o peso duro da mosca-no-vidro em meu bolso. O amor é o que buscamos, mas ele se esvai como um sonho, exposto a certos tipos de realidade, e tais eram meus pensamentos nos momentos que passei aplicando compressas de gaze com vaselina e bactericida na massa ensangüentada de carne e osso.

McGuinness chegou; examinamos o estrago; ele se voltou para mim e balançou a cabeça. Levamos o homem para a sala de cirurgia. O procedimento era básico: cortar e puxar um pouco de pele para poder costurar por cima do toco, depois usar a pesada faca de amputação para cortar a mão esmagada abaixo do local da aba de pele, jogá-la no lixo (cujo conteúdo depois seguia para o incinerador do porão) e costurar o local. Pela primeira vez eu ia cortar fora a mão de um homem, aquilo me provocou arrepios. Contudo, trabalhamos com destreza. Salvamos sua preensão. Ele poderia segurar coisas com o polegar e o indicador, os dois únicos dedos que restaram na mão.

Sentia cansaço quando saí de St. Basil na manhã seguinte, mas tinha a consciência e o coração limpos, pois a atividade cirúrgica prolongada dissipou a ansiedade provocada pelo encontro no Two Eagles. Mas veja que coisa esquisita. Você sabia (ora, como poderia saber?) que em alguns médicos o trabalho cirúrgico tem efeito afrodisíaco? Acho difícil de entender. A amputação, especialmente, me enche de repulsa por todas as funções corporais, e quando me afastei do hospital meu desejo em geral não aceitava nada mais físico do que um livro de poesia e um copo de gim. E foi assim naquela manhã. Regressei a Jubilee Road, vesti o pijama e o robe, mergulhando num sono profundo sem sonhos após alguns minutos lendo Keats. Fui acordado no final da tarde pelas batidas na porta. Era Desmond Kelly, com uma carta de sua mãe. Delicadamente perfumada, com sua caligrafia caprichada e rebuscada, dizia lamentar ter sido tão chata na véspera, seria eu capaz de perdoá-la? Ela me amava e me veria novamente, em breve.

Logo aproveitávamos qualquer oportunidade para um encontro. Não era fácil para nenhum de nós; sua mãe odiava contar mentiras, enquanto eu, para sair de St. Basil mesmo por uma hora, precisava arranjar outro médico para me substituir, normalmente McGuinness, e embora eu tivesse inventado uma história de parente idoso gravemente enfermo, em pouco tempo ele começou a demonstrar ceticismo, e passaram a comentar jocosamente a respeito da "tia velha doente do doutor Haggard". Na verdade, eu pensara em Henry.

Embora fossem apenas vinte minutos no Two Eagles ou numa casa de chá, cada encontro servia para sustentar a tensa teia de sentimentos que nos mantinha unidos. Sentávamo-nos nos fundos do salão de chá, de mãos dadas, comendo bolos com manteiga, trocando confidências em voz baixa, conversas de amantes, enquanto nossos joelhos se tocavam debaixo da mesa e sua mãe tirava um sapato para esfregar o pezinho sedoso em minha perna, o que me excitava instantaneamente. Encontros como aquele serviam apenas para inflamar minha impaciência em ficar sozinho com ela outra vez. Naturalmente, nunca fui a Plantagenet Gardens, ela sempre ia a Jubilee Road. Já lhe falei a respeito do quarto, que era grande, malcuidado, alto, com poucas peças de mobília escura e gasta. Havia livros e publicações empilhados no chão, e um crânio servia de cinzeiro. Na parede, entre minhas paisagens e crepúsculos, havia uma elegante gravura de Vesálio que meu pai me deu pouco antes de morrer.

Aquele quarto de estudante começou a mudar. Passou a refletir o gosto de sua mãe. O brilho direto da lâmpada no alto deu lugar a um par de luminárias de cerâmica azul-clara que lançavam uma luz suave, cheia de sombras. Ela trouxe também um lindo tapete persa, no qual deitávamos na frente do aquecedor a gás. Pendurou um pano na porta do quarto, trocou os lençóis e espalhou velas. Surgiram potes e frascos de cremes, poções e perfumes. Meu alojamento ganhou ares femininos gradualmente. Minha cela tornou-se um *boudoir*.

Assim era nosso santuário particular; nossa intimidade, nosso amor, nossa paixão encontravam abrigo ali. Sua mãe era voraz, felina, ávida por mim, às vezes; em outras ocasiões, mostrava-se lenta, descuidada, voluptuosa; era uma mulher de inúmeras facetas. Lembro-me dela aninhada nos lençóis e travesseiros da cama enorme, num estado de suprema languidez, uma criatura pálida adorável banhada pelo brilho do prazer físico supremo. Recordo-me também de que às vezes estávamos juntos no Two Eagles e tamanha era a impaciência gerada por seu desejo sexual urgente que corríamos de volta para Jubilee Road, mesmo que fosse por apenas oito ou dez minutos, e mal fechávamos a porta atrás de nós já nos víamos no chão e arrancando sua calcinha de seda prateada. Depois, eu deitava de costas, fumando, olhando para o teto, e sentia uma sensação de leveza, como se uma névoa me envolvesse. Choramingava um pouco, depois ria meio desconcertado, enquanto sua mãe, indolente, com as pálpebras pesadas, aninhava-se em meus braços e me dava beijinhos entremeados de juras de amor, querido, doçura, meu precioso Edward. Ela me disse que ficava incrivelmente excitada quando percebia minha excitação, ser avidamente desejada despertava seu desejo, enquanto meu silêncio, minha intensidade, faziam de mim um estranho para ela. Isso a assustava, mas a imensa diferença entre o meu comportamento social e o sexual a fascinava. Ela nunca (afirmou) fora objeto de uma paixão assim intensa antes.

Um breve período, portanto, de regozijo quase absoluto. As máculas eram as máculas que todos os amantes conhecem. Tudo era tão frágil! Certa vez discutimos a respeito de Hitler, recordo-me. "Quanto alarmismo", ela retrucou, olhando de relance para o jornal de um homem quando saímos do Two Eagles depois de um drinque rápido, certa tarde, "nessa história de guerra contra a Alemanha. Hitler não deseja a guerra."

"Este ano não, certamente", falei. Estávamos na calçada, esperando passar um táxi.

"Nem agora nem nunca", ela disse. "Acredito que ele conseguiu promover a ordem e a estabilidade no país. Não ia querer arriscar tudo isso."

"Mas o sujeito é um monstro!", gritei. "Um megalomaníaco! Assassino!"

"Ele é autoritário", ela disse, "e isso é inadmissível para nossa cultura política, mas eles agem de modo diferente na Alemanha."

"Com absoluta certeza."

"A história não lhes deu uma experiência de democracia como a nossa."

"Querida, não se trata de uma questão histórica!"

"Como uma questão pode não ser histórica?"

"O fascismo pode."

Suponho que a mesma discussão tenha ocorrido em milhares de mesas durante o jantar, diariamente, nos meses que antecederam Munique e Praga. Para mim, porém, discutir com ela mesmo que fosse sobre política provocava uma sensação de profunda desolação, como se eu fosse perdê-la. Ficava péssimo até o momento de encontrá-la novamente. Ela descartava tudo com um gesto ligeiro. "Ora, querido", dizia, "estávamos apenas conversando sobre Hitler. Como você é sensível — não pode levar tudo tão a sério."

Mas eu levava. Minha vida continha agora dois tipos de momento, o tempo com ela e o tempo sem ela; um paraíso e um inferno. Havia pequenas agonias: esperá-la, entrar em pânico caso se atrasasse. Era um tormento. Tentava explicar sua ausência a mim mesmo, até que finalmente se tornava impossível não presumir que ocorrera uma tragédia e que eu a perdera para sempre. Então ela chegava e me encontrava fingindo sofrimento, tentando ocultar a alegria de vê-la, e com isso perdendo preciosos minutos das poucas horas fugazes que tínhamos para ficar juntos. Havia em mim uma tendência, também, após cada encontro, de dissecar e analisar cada palavra e gesto que ela havia feito, examinar cada demonstração de apreensão como se significasse da parte dela impaciência, ou tédio, e portanto rejeição iminente. Havia até momentos (o dia do sujeito com a mão esmagada foi um deles) nos quais eu *duvidava* — quando toda a frágil trama do sentimento se tornava irreal e eu não conseguia segurá-la, embora a dúvida sumisse no instante em que a via.

Contudo, ficamos descuidados. Envolvidos pelo devaneio amoroso, sentíamo-nos invulneráveis, tocados pela graça, e nos descuidávamos. Talvez fosse inevitável. Talvez precisássemos, inconscientemente, precipitar uma crise — talvez fôssemos obrigados a isso! Não sei. Não sei o que a fez ir até o hospital naquela noite. Ela estava sujeita a estados de espírito sombrios, às vezes, a rápidos ataques de melancolia, e eu passara a acreditar que Ratcliff era responsável por essa infelicidade, que era a origem de seu penar, que ela vinha me procurar em busca de consolo. Eu fazia o possível, acredite, lamentava por ela, era uma tortura para mim vê-la sofrer, como é uma tortura ver você sofrer, meu precioso rapaz! Mas eu estava na enfermaria na noite em que um funcionário apareceu dizendo que a sra. Piker-Smith me aguardava no térreo.

Corri para o saguão; era sua mãe, claro. Usava o casaco preto de pele e um chapéu preto justo, com um véu de estrelinhas pretas bordadas. "Eu não posso sair da enfermaria", sussurrei. Ela ergueu a mão enluvada e levou um dedo aos meus lábios.

O saguão de St. Basil é um salão colunado, cheio de ecos, com piso de mármore e retratos de diretores antigos e atuais pendurados nas paredes. De dia, é como uma estação de trem, lotada de gente, ruidosa; à noite, é um lugar silencioso, pleno de sombras; deserto, exceto pela faxineira com seu balde e esfregão. Nos fundos do saguão uma escada de pedra desce em dois lances para a Patologia, Registros Médicos e a sala do incinerador. Ao lado da escada, encostado na parede dos fundos, oculto da vista por um pilar, há um banco de madeira, e segui sua mãe, uma figura miúda velada num casaco de pele imenso, saltos estalando no piso, através do saguão até o banco atrás do pilar. Sentamo-nos. Ela se voltou para mim, ergueu o véu e o dobrou cuidadosamente para trás, sobre o chapéu. Seu rosto ficou na sombra, pois pouca luz penetrava no espaço atrás do pilar. O batom parecia negro na penumbra. Tentei abraçá-la, mas ela me empurrou, deu as costas para mim e pegou um cigarro. Acendi dois, dei-lhe um e fumamos; desde a tarde, explicou, andava inquieta, no limite. Sua voz traía uma certa urgência sombria, sufocada. Ratcliff fora a um evento qualquer na Real Sociedade de Medicina, deixando-a sozinha em casa, e ela não conseguiu mais ficar lendo, subiu para o quarto com a intenção de vestir o casaco e sair para dar uma volta. Foi então que teve a idéia de me visitar em St. Basil.

Após o choque inicial provocado pela audácia e o risco que a visita representava, ocorreu-lhe usar o véu. Entrar no hospital e esperar por mim no saguão causou ansiedade, mas agora, disse, sentia-se calma. Ela se aproximou de mim, jogou fora o cigarro e permitiu que eu a beijasse. O cheiro penetrante de hospital, cloro e anti-séptico, misturou-se em minhas narinas com seu perfume. Segurei suas mãos enluvadas e disse-lhe em voz baixa que queria passar a noite inteira a seu lado. Ela segurou meu rosto e beijou-o seguidamente, beijos curtos, rápidos, murmurando não, dizendo que eu precisava voltar ao trabalho e ela, para casa. Perdi o controle naquele momento, e ela também, beijamo-nos com arrebatadora paixão, puxamos as roupas um do outro, abrimos botões e fechos, conseguimos, nem sei como, abrir minha calça e erguer a saia dela, que pulou em meu colo ainda de casaco de pele e ali mesmo, num banco no fundo do saguão de um dos maiores hospitais de Londres, fizemos amor alucinadamente, apressados, terminamos ofegantes e desorientados, agarrados um ao outro em letargia desordenada, e comecei a chorar (como sempre), o que trouxe sua mãe de volta à realidade da situação, e afagando minha cabeça enquanto emitia doces arrulhos de consolo ela me afastou gentilmente e ajeitou as roupas, retocando a maquiagem facial no espelho do estojo de pó compacto, à luz do isqueiro. Minha excitação diminuiu. Abotoei a calça e peguei o estetoscópio caído atrás do banco. Dei-me conta de quanto o saguão estava sossegado, a calma e o silêncio curiosamente repousantes, como se estivéssemos numa catedral. Voltei-me para ela. A chama do isqueiro tremulava por causa da brisa suave que soprava entre os pilares, e o reflexo obscuro, trêmulo de seu rosto foi por um instante distorcido fantasmagoricamente no pequeno círculo de vidro do estojo. Satisfeita, finalmente, de que nenhum traço da paixão recente restava, ela o fechou. "De volta ao trabalho", sussurrou, e nos levantamos. Afastei-me pelas sombras após o último abraço.

De repente, passos! Miggs surgiu na escada, com um conjunto de tubos de ensaio, e vi sua mãe virar na direção dele. "Boa noite, senhora Vaughan", ele disse, sem aparentar surpresa, e seguiu em frente. Meu Deus, o véu! Ela havia se esquecido do véu. Não o baixara novamente!

Mais tarde ela me contou como foi a volta para Plantagenet Gardens. Miggs a vira — essa questão ocupou totalmente seus pensamentos, claro, mas curiosamente se sentia excitada, em vez de assustada. Por quê? Porque ela pairava no sonho dos amantes, e nada poderia tocá-la porque nada mais importava — seria isso? Ou haveria alguma outra razão, um desejo perverso de crise, ou êxtase do abismo? James, *eu não sei*!

* * *

Talvez você saiba. Talvez a compreenda melhor do que eu. Nem chegamos a resolver o problema de como falar um com o outro a respeito dela, não é mesmo? Depois da noite em que me perguntou se ela se oferecera a mim, percebi que era impossível — quero dizer, que o filho de uma linda mãe pudesse compartilhar com o amante dessa mulher qualquer linguagem em comum no que se referia a ela. Ou, pelo menos, fazer isso de um modo direto. Eu não poderia relatar a expressão sexual de nosso amor. Não poderia jamais contar o que acontecia comigo só de olhá-la — observá-la entrando numa sala na minha frente, no salão de chá, no bar do Two Eagles, ou mesmo quando a via olhar pela janela em Jubilee Road — era tão ereta e magra e adorável que sentia desejo em cada célula do corpo. Ela se virava e via isso em meus olhos, e ao ver sentia despertar o desejo em si, e logo estávamos nos braços um do outro. Eu a amava como mulher, sua pele, os membros miúdos e perfeitos, os lábios, os cabelos. Ela me amava como homem, adorava meu corpo desproporcional, adorava meu pênis, adorava sua voracidade, as veias saltadas, a cabeça grande — assim como a minha! Seus dedos eram hábeis com os botões da minha calça, e o mero toque dos dedos no tecido acelerava meu desejo, de modo que no momento em que ela tirava minha roupa eu já ansiava desesperadamente por sua boca pequena, suave, macia, seus dentinhos, assim como ela ansiava por mim, e isso durava apenas o tempo necessário para se tornar intoleravelmente delicioso, e nada mais adiantava, a não ser penetrá-la, o que ela ajudava com seus dedos destros e nos uníamos e éramos um até que o orgasmo nos levava a outro plano mais alto — não admira que depois me desse vontade de chorar! Nada disso eu poderia contar a você, embora quisesse, pois era a manifestação erótica direta de nossa comunhão espiritual.

Como, de certo modo, você é.

Lembro-me de que foi a srta. Gregor quem primeiro me fez pensar, depois de um dia em que você veio tomar chá à tarde. Ela trouxe uma bandeja com um prato de biscoitos e um bolo Dundee. Tenho um fraco por doces e costumo passar o dia trabalhando com apenas uma barra de chocolate, portanto não notei que nós dois devoramos todos os biscoitos e o bolo Dundee — mas a srta. Gregor notou, ela adorava você. "Aquele jovem gosta muito de bolo", comentou quando voltei, após acompanhá-lo até a porta, quando a encontrei no saguão, vestindo o casaco na frente do espelho. Eu estava indo para o consultório. "É mesmo?", falei, e não sei por que isso aconteceu — chame de intuição médica, se quiser —, mas eu parei ali e prestei muita atenção ao que ela estava dizendo. Um alarme qualquer disparou dentro de mim, suponho. A srta. Gregor ajeitava o chapéu. Sem tirar os olhos de seu reflexo no espelho, ela disse: "Pensei que o bolo ainda duraria uma semana".

"E nós comemos tudo, senhorita Gregor?"

"Duvido que o senhor tenha comido muito, doutor. Nunca foi fã de bolo Dundee."

Fui para o consultório e fechei a porta atrás de mim. Então. Eu havia aprendido mais uma coisa a seu respeito. Você se parecia com sua mãe, enrubescia facilmente, pilotava Spitfires — e gostava de doces. Creio que em algum lugar de minha mente inconsciente comecei a formar uma hipótese difusa, experimental. Enfatizo o inconsciente; algumas semanas transcorreram até que eu visualizasse um quadro clínico claro. Mas creio que, mesmo nos primeiros dias de nossa amizade, eu já estava alerta para os sintomas que acabariam por se organizar num padrão de diagnóstico, um padrão dramaticamente perturbador, não somente para você como para mim, como seu amigo e médico.

Sim, talvez eu devesse ter percebido antes. Mas foi um inverno frio, muito frio, este último, o mais frio em quarenta e cinco anos, e Pino nunca me atormentou tanto, desde os primeiros dias — Deus, ele foi péssimo! Entendo o motivo, certamente — osso danificado sofrendo com o atrito em seu apoio na pélvis —, no entanto isso de pouco serve. E não era só tarde da noite, como geralmente é o caso; neste inverno Pino andou ativo o dia inteiro, e a noite toda também. Fui forçado a recorrer à morfina com mais freqüência do que costumava; precisava de uma dose só para suportar as consultas matinais e outra depois do almoço para as visitas vespertinas, se quisesse ser de alguma valia para meus pacientes (os que ainda restavam). Portanto, não foi um inverno fácil e seus efeitos se prolongaram pela primavera, até o verão. O que me leva a pensar se eu não deveria ter percebido antes que alguma coisa estava muito errada.

Os narcisos floresciam nos parques de Londres — os nazistas marchavam em triunfo por Viena — e para mim e sua mãe os primeiros sinais do desastre se manifestaram. Não pode ter passado despercebido que eu me concentrava menos no trabalho do que antes, e não eram apenas as horas esporádicas em que eu me ausentava para encontros rápidos com sua mãe, cobertas por McGuinness. Todos os médicos fazem esse tipo de arranjo, se querem ter alguma vida privada. Não, foi mais uma questão de atitude. Meu coração não estava mais lá, e esse triste fato foi demonstrado ao hospital inteiro quando cometi um erro pavoroso certa manhã, numa simples apendicectomia.

Operar a barriga de uma pessoa é um serviço delicado. Corta-se a pele, a carne, prendem-se os vasos seccionados com pinças, enxuga-se o sangue, sutura-se e prende-se, corta-se através da gordura amarela que há embaixo, depois a fáscia, prende-se, enxuga-se, sutura-se, prende-se, depois o peritônio e assim por diante. Mas eu ataquei com tanta força que cortei através da fáscia no primeiro golpe do bisturi, abrindo numerosos vasos sangüíneos, e depois, enquanto os prendia, acabei costurando a ponta da minha luva de borracha nos tecidos do paciente. O fato me abalou muito e prejudicou o resto da operação. O paciente se recuperou, mas teve uma convalescença complicada e inchou muitíssimo. Por isso as enfermeiras se referiam a ele como "o homem grávido do doutor Haggard". O que mais irritou Vincent Cushing foi a história da luva ter corrido por St. Basil, pois, como eu participava de sua equipe, ele acabou indiretamente submetido ao ridículo. Isso o enfureceu.

Ele me chamou em sua sala. Parado à janela, olhava para o pátio lá embaixo, com as mãozinhas gorduchas cruzadas nas costas. "Doutor Haggard", disse finalmente, "está em minha equipe há seis meses."

"Sim, senhor."

Ele se virou. Franziu o cenho. E: "A cirurgia é o ramo mais exato da medicina".

Outra pausa. Ele foi até a escrivaninha e se sentou. Eu esperava a continuação do discurso, mas ele olhou para mim e disse: "Posso conseguir sua transferência para a clínica médica amanhã; receberá uma ótima carta de recomendação". Minha nossa, eu estava sendo *expulso*? Foi um choque. "É o que deseja, doutor?"

"Na verdade, não, senhor", falei. "De modo algum. Gostaria de terminar minha residência com o senhor."

"Entendo." Pausa, pigarro, cara feia. "Então, doutor, por que parece ter perdido o gosto pelo serviço? Sabe o que exigimos aqui."

"Sim, eu sei." Passei a mão no cabelo. "Ando preocupado. Não deveria permitir que interferisse, mas infelizmente aconteceu. Não ocorrerá novamente."

"Preocupado?"

"Problemas familiares."

"É?"

"Meu tio está doente."

"Algo sério, presumo."

"Câncer. Inoperável."

"Lamento. É muito chegado a ele?"

"Minha família morreu, doutor. Ele é meu único parente."

Ele era um sujeito duro, mas não insensível, disse, e mantinha um alto padrão no serviço porque sua responsabilidade era treinar cirurgiões capazes — embora eu não tivesse esquecido a história de Eddie Bell. "Compreendo sua situação", disse, "mas, ao mesmo tempo, e sei que não preciso insistir neste ponto com o senhor, o médico não pode se dar ao luxo de pensar em seus problemas pessoais enquanto está cuidando dos pacientes."

"Sei disso."

"Você pode se tornar um cirurgião, doutor Haggard. Não descarto a possibilidade. Mas, francamente, estou decepcionado com seu desempenho. Observarei seu trabalho de perto, no futuro."

E foi tudo. Eu não era um sujeito feliz quando saí da sala de Cushing. Pelo jeito, estava a ponto de jogar pela janela a carreira de cirurgião, por amor a sua mãe. Isso não pode acontecer, disse a mim mesmo, embora a verdade fosse que eu não me importava, no fundo do coração. A ambição profissional murchara e definhara na sombra dessa grande paixão, e eu trocaria contente uma vida inteira de trabalho cirúrgico por vinte e quatro horas ininterruptas sozinho com ela.

Tentei, nos dias seguintes, fazer melhor, mas não foi fácil. Minha mente divagava constantemente. Ao ver um abscesso supurado, pensava na pele branca e lisa do seio de sua mãe. Ao remover um curativo sujo e encontrar uma área escura de tecido necrosado, imaginava estar beijando delicadamente sua barriga. Ao deparar com a morte, recordava-me de quando ela se agarrou em mim e gemeu de prazer no banco do saguão do hospital. Sempre que meus olhos fechavam, sempre que eu via doenças, ferimentos ou morte, também vislumbrava momentos e fragmentos de beleza, e a dificuldade estava em manter a atenção na morbidez, enquanto minha alma inteira gritava por amor.

Mas que lugar poderia haver para o amor neste mundo?

Soube depois que Ratcliff descobrira quase imediatamente a visita de sua mãe ao hospital naquela noite, mas esperou alguns dias para pedir uma explicação. Por que esperou? Pelo que ela me disse, tive a impressão de que a verdade o amedrontou, temia descobrir quanto andava insatisfeita com o casamento, ou, em outras palavras, que ele fracassara fragorosamente com ela. Entretanto, conforme os dias iam passando, e ela não tocava no assunto, ele deve ter remoído a história, cada vez mais irritado. Ou não tinha importância alguma — o que era improvável —, ou ela escondia algo. Porém, se estava escondendo alguma coisa, deveria saber que Miggs o avisaria, e nesse caso seria melhor para ela levantar a questão, de modo a afastar as dúvidas e suspeitas da parte dele, e ela não havia feito isso.

Abril chegou, o céu ganhou uma palidez de pérola, as árvores ao longo de Plantagenet Gardens se encheram de brotos. Foi num final de tarde quente de abril, segundo sua mãe, que Ratcliff tentou pela primeira vez enfrentar o abismo que havia anos se abria entre eles, e que nos últimos meses aumentava num ritmo alarmante. A sala de jantar era um ambiente sombrio, não um lugar que estimulasse a intimidade, e sua mãe sempre a odiara, embora recentemente, disse, tivesse pensado em mim ali, e isso mudou suas associações, sobrepondo à massa amorfa de lembranças de refeições desagradáveis com Ratcliff a idéia de *amor*, que pairava como a névoa sobre o pântano: naquela mesa, naquela cadeira, ela se sentava para pensar no amante, e agora a mobília brilhava.

Ratcliff, claro, não sabia de nada. "Você já pensou a respeito da viagem à Escócia no verão?", perguntou ele.

Na ocasião em que ele introduzira o assunto, sua mãe se mostrou inconfundivelmente irritada com a idéia de se afastar de Londres, e deu uma resposta vaga, evitando um compromisso. "Escócia", ela murmurou, baixando o garfo e a faca antes de tocar os lábios com o guardanapo; Iris servira um ótimo carneiro. "Ainda não. Vamos conversar a respeito quando James estiver aqui, suponho."

"Duvido que o vejamos muito neste verão. Já falei que ele pode começar as aulas de vôo."

"Não acredito! Mas, Ratcliff!"

Aquilo foi um choque. Pensar em você pilotando aviões — você ainda era uma criança (na cabeça dela). E disse isso a Ratcliff. "Nada disso", ele retrucou. "Ele não é mais uma criança. Temos de aceitar isso."

"Mas é tão perigoso!"

"Ele precisa tentar. Se não puder voar com nosso apoio, voará assim mesmo."

Então algo curioso aconteceu. Toda a resistência à idéia, a onda de ansiedade materna provocada por ela — tudo isso evaporou, dando lugar a uma indiferença surpreendente. Ele que voe, então, pensou. Se quer voar — e se Ratcliff quer que ele voe — que seja. Ela deu de ombros, delicadamente. "Muito bem", murmurou, estendendo a mão para se servir do molho de hortelã. Ratcliff franziu o cenho e a encarou, enquanto partia o pão. O que isso queria dizer, essa repentina falta de preocupação? (Ela estava apaixonada, era isso que queria dizer, e como eu ela não conseguia pensar em mais nada.) "Então, não se opõe?", indagou.

"E de que adianta eu me opor ou não? Vocês pelo jeito já decidiram tudo."

"Frances, o que anda acontecendo com você ultimamente?" Um toque de exasperação. "Você não parece se importar com mais nada. Não me deve a cortesia de uma explicação?"

Ela ergueu a sobrancelha ao ouvir isso. "Francamente, acho que não." Sua mãe o olhou, do outro lado da mesa, e depois de um momento ele tirou os óculos e esfregou os olhos com o polegar e o indicador. Ela sentiu um cheiro leve de formalina. Como devem ter sido plenos aqueles poucos segundos de silêncio que se seguiram à troca de olhares diretos! Que história particular complexa sublinhava aquele silêncio, longos anos de negociações emocionais que conseguiram levá-los ao presente estado de tolerância mútua e equilibrada! A membrana da ordem marital poderia suportar a pressão existente, e mais nada, disso ambos sabiam havia algum tempo, e nenhum deles queria que se rompesse. No entanto, algo mudara, estava claro, e Ratcliff insistiu. "Aconteceu alguma coisa", ele disse. "Não sei o que é, nem mesmo sei se quero saber. Mas você me deve isso, entende, pelo menos um momento de sinceridade."

Ela ergueu as sobrancelhas novamente, sem dizer nada. Seu silêncio aparentemente o enfureceu. "Como é? O que tem a dizer? Qual é a sua resposta?"

"Qual é a sua pergunta?", retrucou. Sentiu-se repentinamente exausta, disse depois. Era tudo tão tedioso, tão previsível.

Ratcliff suspirou. Encheu o copo de vinho. Iris entrou para tirar os pratos do jantar. Eles costumavam ir direto do prato principal para o queijo, fruta e café, se não tivessem convidados. Quando Iris saiu da sala, Ratcliff perguntou, sem rodeios: "O que você foi fazer no hospital na noite em que estive na Real Sociedade?".

"Eu?", ela disse. "Ratcliff, pode me passar as uvas, por favor?"

"Você viu Miggs. Ele me contou, claro. Achou esquisita sua presença lá, àquela hora da noite. E eu também."

"Pelo amor de Deus!" Ela não pretendia ser argüida como se fosse uma estudante de medicina relapsa. "Como ousa falar comigo neste tom? Como ousa me dizer que você e Miggs estranharam meu comportamento? O que mais Miggs disse a meu respeito?"

"Não discuto sua pessoa com Miggs. Como já deveria saber. Só estou perguntando: o que foi fazer no hospital?"

"E eu respondo que estou ressentida — amargurada — com a insinuação de que eu estava 'fazendo' alguma coisa que me obrigue a dar explicações."

"Mesmo assim, eu quero uma explicação."

"E, por uma questão de princípio, eu me recuso a dá-la."

Estavam os dois empertigados em suas cadeiras, ela me disse, tensos e furiosos. E o que aconteceu em seguida?, eu quis saber. Sua mãe deu de ombros, de leve. Ele recuou. Por quê?, falei, exaltado. Uma reação muito peculiar. Calculo que, no fundo, ele não queria saber, disse. "Tudo bem", Ratcliff falou, apertando os lábios, controlando a raiva. Dobrou cuidadosamente o guardanapo e o enfiou no anel. "Falaremos sobre isso mais tarde."

"Vou subir", sua mãe disse, friamente. "Por favor, peça a Iris para levar meu café para cima."

"Frances."

Ela parou na porta.

"Lamento ter perdido o controle."

Ela saiu sem dizer mais nada. Não ia acabar ali. Não, a coisa estava se tornando cada vez mais complicada, e ela desejava que fosse simples novamente. Desgraçado! Maldita hora em que foi desconfiar!

"Ah, Ratcliff, desgraçado. Que incômodo enorme. Você ficou chateada, querida?" Eram onze horas da manhã de um belo dia em meados de abril, sua mãe e eu estávamos na cama em meu apartamento de Jubilee Road. Ela hesitara em me contar o caso, e não havia dito nada imediatamente; mas eu logo me dei conta de que não estava tudo bem, e após alguma insistência ela me contou tudo, ou quase tudo. Na verdade, eu começava a suspeitar que ela não fazia um relato completo do que sucedia entre ela e Ratcliff, talvez por incapacidade de transmitir o padrão profundo e sutil de seu longo e complicado relacionamento, as condições contraditórias de dependência, ressentimento e negligência. Eu ficava desesperado com a exclusão da teia hermética de seu casamento. O que realmente nunca entendi foi a idéia de que o amor pode definhar e até morrer, enquanto os vínculos permanecem. Naquela altura eu desejava ardentemente que ela abandonasse Ratcliff para viver comigo, a qualquer custo; embora tivesse insinuado isso, nunca a convidei em termos francos, sem ambigüidades.

Havia flores sobre a mesa, um maço grande de tigrídias que sua mãe trouxera. Ela havia introduzido as flores em meu apartamento no início do relacionamento. Eram lírios de folhas fartas e flores bulbosas, as pétalas alaranjadas manchadas eram recurvadas, deixando à mostra o estigma trêmulo, que se projetava rijo no conjunto de filetes do estame terminado em anteras, e um raio de sol matinal os destacava notavelmente no lugar de onde saíam em profusão de um vaso simples de porcelana também trazido por sua mãe.

"Se eu estava irritada? Eu estava muito contrariada. Ele fez com que eu me sentisse como uma criminosa."

"Eu queria..."

"O quê?"

"Nada." Ela estava sentada na poltrona; eu, no tapete persa, com as costas apoiadas em suas pernas, olhando para o teto. Nossos dedos estavam entrelaçados, tateando e brincando com os dedos do outro. "Você pensa em deixá-lo?" Ela respondeu com uma sondagem. "Mas, querido", murmurou, "o que eu poderia fazer?"

"Morar comigo?"

Ela não disse nada, embora nossos dedos continuassem a falar. Nós dois sabíamos aonde chegaríamos se continuássemos com aquela linha de pensamento. Eu estava nervoso, o que considerava falta de coragem, e me desprezava por isso. Sabia que a conversa precisava ser travada logo e que, quando isso ocorresse, eu pegaria minha coragem com as duas mãos e proporia adequadamente a coisa que agora me dava muita ansiedade só de pensar. "O que se pode fazer?", falei, em voz baixa.

"Não quero pensar nele", sua mãe disse, descendo da poltrona para se ajoelhar a meu lado no tapete. "Deite-se", ela disse, e eu estiquei o corpo no tapete, cruzando as mãos atrás da cabeça. Usava um colete de tricô com gola em V e calça cinza; ela vestia um elegante conjunto de casaco e saia de *tweed* verde-claro com ombreiras e chapéu de feltro justo. Ela desabotoou minha calça. Ergueu a saia até acima das coxas e sentou-se com cuidado em cima de mim. Fitou-me semicerrando os olhos, e o sorriso em seus lábios era como aquele de que eu me lembrava, do dia do enterro. Seus dedos lidavam com os botões da cinta-liga. Esfreguei a cabeça do pênis na pele macia da parte interna da coxa, acima do local em que a meia acabava. "O que você está fazendo?", murmurou. "Não me mele toda. Preciso almoçar com uma pessoa."

"Exame clínico."

"Até parece." Ela se levantou ligeiramente e moveu a calcinha de modo que pude introduzir a cabeça do pênis. "É só isso que eu vou deixar", disse, "e é mais do que você merece."

Fiz força, de leve — um pequeno suspiro. "Pare com isso", ela sussurrou. Seus olhos estavam fechados, o queixo erguido, os lábios separados. "Vou me atrasar."

Outro golpe ligeiro: incrivelmente prazeroso! "Com quem vai almoçar?" O aquecedor a gás sibilava no meu ouvido.

"Cuide de sua vida." Sempre de olhos fechados, ela repentinamente relaxou e soltou um gemido longo, suave. Uma onda de calor invadiu meu corpo inteiro. "Vou fazer com que pague caro por isso", disse. Funestas palavras.

Enquanto você está aqui em meus braços e essas lembranças vão passando, a história se desenrola, movimento por movimento, abrindo-se em minha mente como uma flor complexa — tenho maus pressentimentos. Assim como as nuvens de guerra, as nuvens de despedida, de separação e de sofrimento se aproximavam. "O amor é crescimento, ou luz intensa constante" — isso eu havia experimentado, e me enchera o coração de glória. "E seu primeiro minuto depois do meio-dia é a noite." Essa noite se aproximava.

Da traição não estou livre, ninguém está. Traí Henry Bird, e a primeira indicação que tive a respeito veio um dia depois que sua mãe e eu fizemos amor no chão em Jubilee Road. Veio de

Peter Martin. Naquela manhã, o leiteiro encontrara a garrafa do dia anterior ainda à porta de Henry. Ele deu o alarme, a polícia arrombou a porta dos fundos e descobriu o velho inconsciente no chão da cozinha. Foi internado no hospital local, mas não recuperou a consciência. "Sou o médico dele", o dr. Martin falou, "e ele não está tomando nenhum remédio, pelo que sei; portanto, podemos descartar a possibilidade de *overdose*. Nem preciso lhe dizer", prosseguiu, "que provavelmente se trata de um derrame." Agradeci e desliguei. A notícia me abalou profundamente. Não que tio Henry não pudesse ter um derrame (na idade dele, complicações vasculares no cérebro eram comuns), mas pelo fato de que eu andara dizendo a muita gente que ele estava seriamente enfermo para justificar meu caso amoroso. Era pura coincidência, claro, disse a mim mesmo, porém não consegui afugentar a convicção irracional de que era minha culpa — que ao imputar a doença ao velho eu a havia provocado —, de que *eu* o deixara doente.

Peter Martin telefonou no dia seguinte. "Acredito", disse, "que podemos afirmar com segurança que ele sofreu um acidente vascular cerebral maciço. O que deseja que eu faça, doutor?"

Eu via tudo claramente. Tio Henry deitado no leito do hospital, a pele branca como porcelana, o cabelo fino como seda, dando a impressão de que dormia profundamente e sonhava com casas grandes. Por um momento, uma onda de sofrimento e culpa me inundou. Peter Martin rompeu o silêncio. "Pelo jeito", disse, "ele respira com dificuldade. Talvez seja indício de pneumonia."

Compreendi o que me perguntava. Pneumonia — a companheira do idoso. "Eu não aconselho dar sulfa", falei.

"Não adiantaria, mesmo. Você vem para cá, então?"

"Sim."

"Estou ansioso para conhecê-lo. Minha casa é Elgin, no alto dos penhascos."

Não havia mais nada a dizer. Tio Henry poderia morrer em paz e eu cuidaria das providências do enterro. Quando desliguei o telefone, me sentia muito mal. Uma semana depois a pneumonia o levou, mas não fui a Griffin Head para cuidar do enterro nem compareci ao funeral. Estava na tração.

Ventava naquela noite fria e úmida, o *pub* estava quase vazio. Uma moça, atrás do balcão, enxugava copos olhando através do salão para o vazio, distraída. Estava a quilômetros de distância. As poucas lâmpadas penduradas no teto em globos empoeirados emitiam uma luz tristonha amarelada que evocava perda e desânimo. Uma mulher com mal de Parkinson ocupava uma mesa perto da lareira, tomando um copo de cerveja preta que conduzia aos lábios com os dedos trêmulos. O relógio atrás do bar tiquetaqueava seu lamento; ninguém falava. Eu me sentia exausto depois de setenta e duas horas de plantão e o estado de espírito de sua mãe era realmente dos piores. Precisava muito dormir — na falta disso, de convivência, estímulos —, mas não encontrei nenhum e usei o que me restava de energia para animá-la. Apoiei os cotovelos na mesa e debrucei-me para pegar sua mão. Os olhos dela registraram irritação por um instante, depois se suavizaram ligeiramente. Algo em seu rosto triste queria se aproximar de mim, mas fracassou em se mostrar ou vencer a distância. Jamais a vira daquele jeito. "Cansada?", perguntei.

Ela puxou as mãos e balançou a cabeça. "Não. Sei lá, é tudo uma droga."

"O que foi?" Não era fácil para nenhum de nós, dadas as suspeitas de Ratcliff. Ela tocou os cabelos, sem me encarar, olhando de lado, incapaz de suportar meu olhar. "Ando pensando se vale a pena tanto tormento", disse. "Não posso" — ela fez uma pausa, soltou uma espécie de suspiro, como se fosse difícil até pronunciar as palavras. "Não agüento mais tudo isso." Ainda sem me olhar, pegou minhas mãos. "E quanto a mim?", sussurrei. Seria o fim? Uma rajada de chuva fustigou a janela e ela deu um pulo, assustada. Depois de algum tempo, começou a falar com mais calma. "Não tenho forças para enfrentar tudo isso, querido. Ele sabe como me desgastar, e vai fazer isso, ele o afastará, não importa o que façamos. Por mais que tentemos ficar juntos, ele o afastará. Não sabe quem você é, mas sabe que existe e não tolerará isso. Ele é forte demais para mim."

"Então deixe-o!"

"Ah, querido." Ela acendeu um cigarro. Havia impaciência e desprezo em sua voz. "Deixá-lo em troca de quê? Para viver do salário de um residente? Nosso amor e uma cabana. Nem mesmo isso. Você não poderia continuar em Saint Basil se morasse comigo. Use a imaginação."

Em silêncio, sentia que tudo girava.

"Você nem acende mais meu cigarro. Não posso continuar, você deve entender."

"Não!" Um grito de dor. Ela se voltou para mim, com os olhos marejados de lágrimas. "Lamento, querido, mas precisamos ser sensatos. Além disso, tenho de pensar em James também."

Depois disso não houve meio de eu me aproximar dela. Não tinha mais tempo. Passamos outros dez minutos naquele *pub* horrível, dez minutos repugnantes. Nenhum tipo de intimidade parecia possível. Tentei atraí-la com os vínculos de afeição desenvolvidos, apelei para a cumplicidade e mesmo a gratidão. Só queria que ela me aceitasse, me desse um lampejo de realidade — mas era como se seu ser verdadeiro tivesse apagado como uma chama fraca e no lugar só houvesse aquela conversa pavorosa e dura de sermos sensatos, e a ausência nos olhos e na voz, como se as palavras que estava dizendo tivessem perdido todo o sentido e a emoção. Ela jamais mostrara aquela faceta para mim.

Não apenas me mostrava um lado novo, mas o usava como disfarce para o vazio, do qual saía apenas aquela história infernal de acabar com tudo. Só uma vez ela traiu alguma emoção, aproximou-se um pouco de mim, e foi quando me implorou para não tentar fazer com que mudasse de idéia. Isso só tornaria as coisas mais difíceis. De todo modo, eu viveria melhor sem ela, alegou. Estaria livre dela, que só me causava sofrimento — e fez com que eu prometesse. Ali, naquele salão vagabundo do Two Eagles, enquanto um relógio velho tiquetaqueava e uma velha de mãos trêmulas resmungava sozinha num canto, cedi e prometi que não tentaria fazer com que mudasse de idéia. Por que fiz isso? Porque naquele momento, preocupado, exausto e deprimido como estava, não vi outra saída. Por isso, prometi. Só quebrei essa promessa uma vez, e, minha nossa, que conseqüências desastrosas!

Então tudo começou a se mover com rapidez. Na tarde seguinte seu pai realizou um exame *post mortem* num corpo tirado do Tâmisa pouco abaixo da Ponte de Lambeth. Passara pelo menos dois meses no rio, o fedor invadiu o hospital inteiro. Ele precisou de pouco mais de uma hora para arrumar o coração inteiro e amostras de todos os outros órgãos numa bandeja que foi para a geladeira, coberta com um pano úmido, para exames complementares na manhã seguinte. A maioria dos patologistas usa luvas de borracha para dissecar cadáveres, mas não todos. Alguns preferem trabalhar com as mãos nuas. Seu pai era do tipo que preferia as mãos nuas. Embora corresse o risco, caso se cortasse enquanto manipulava um órgão doente, de pegar a infecção que houvesse nesse órgão, ele acreditava que as luvas de borracha interferiam em seu tato, e portanto na interpretação acurada da patologia.

No andar de cima, na enfermaria da cirurgia, eu sentia, como todos, o mau cheiro do cadáver do rio, e nada fazia para aliviar a nuvem sombria sob a qual trabalhava desde que me encontrara com sua mãe no Two Eagles. Eu não conseguia aceitar a idéia de nunca mais vê-la. Simplesmente, não acreditava. Estávamos cansados e deprimidos, tentei me convencer, em um ou dois dias os sentimentos seriam diferentes. Além disso, preocupava-me com tio Henry. Por isso, perambulava pelo hospital com as mãos afundadas nos bolsos, cabeça baixa, ombro arqueado, o próprio retrato da rejeição, muito diferente de meu enérgico estado normal. Talvez, pensei repentinamente, ela estivesse sentindo o mesmo, talvez também considerasse impossível pensar que não nos veríamos mais. Fazia a ronda dos curativos com a enfermeira, indo de paciente em paciente, tirando ataduras e pondo outras novas. O trabalho era simples e minha mente divagava enquanto eu cortava as ataduras ensangüentadas com a tesoura de curativo. Não seria o caso de ligar para ela, em casa? Arriscado, mas era uma emergência. Ratcliff continuava no serviço, obviamente, o cheiro que vinha do porão dava pleno testemunho disso.

Equivoquei-me. Ratcliff já havia retornado a Plantagenet Gardens quando o telefone tocou. Chegara em casa vinte minutos antes do horário costumeiro e seguira direto para o escritório, sem anunciar sua presença. Ele não queria ver sua mãe imediatamente. A tensão entre os dois já durava alguns dias, sem que nenhum deles tivesse tentado atenuá-la. Calculo que só queria tomar um drinque e ouvir Mozart, depois de haver dissecado um cadáver tirado do rio. Então, o telefone tocou. Ele percebeu que ela havia atendido, no andar superior. Não conseguiu resistir à tentação e ergueu o fone do gancho em sua mesa delicadamente, levando-o ao ouvido. Ouviu sua mãe dizer que era impossível (o que era impossível?) e uma voz masculina dizendo que só queria uma hora; ficou tão chocado que recolocou o fone no gancho imediatamente. Mas já ouvira dois nomes. Um era o dele; o outro, o meu.

Aposto que o jantar foi tenso naquela noite. Tendo recuperado o controle após o primeiro impacto do choque moral provocado pelo conhecimento de que a esposa marcava encontros ilícitos pelo telefone, Ratcliff provavelmente teve de ponderar cuidadosamente seus passos seguintes. Sua mãe me disse certa vez que a seu modo ele era um homem passional, mas não dava valor à paixão extravasada fora das situações em sua opinião apropriadas. No contexto da sexualidade matrimonial, seria apropriada, pensava. Era apropriada nas ocasiões em que a pessoa lutava as batalhas necessárias, exigidas por uma vida profissional responsável. Não era apropriada na política, tampouco na situação em que ele se encontrava naquele momento. Por isso, não subiu correndo para tirar satisfações de sua mãe a respeito do que acabara de escutar. Em vez disso, como homem razoável, tentou refletir sem que a raiva o prejudicasse. O impulso para vingança deveria ser descartado. O desejo de puni-la não era base para ação, e por puro exercício da vontade esperou até que o primeiro turbilhão de mágoa e raiva passasse para decidir o que seria melhor. Além disso, creio, havia a relutância em enfrentar a verdade, em admitir até que ponto fracassara com sua mãe.

Quando escutou a sineta anunciando o jantar, já havia resolvido não dizer nada. Duvido muito que pretendesse encerrar o casamento. Provavelmente, creio, ele aplicou àquela situação infeliz seus próprios princípios de patologia. O funcionamento era revelado pelo fracasso. O *páthos* condicionava o *lógos*. Ele não poderia mais viver com sua mãe na situação de afastamento emocional. Suportara por tempo demais que levassem vidas paralelas. A disfunção presente revelava isso. Ele faria todo o esforço possível para recuperar a saúde do casamento, e esperava ser bem-sucedido — não conseguia sempre realizar seu intento, depois de ter estabelecido metas adequadas? Conhecia sua mãe (pensava), conhecia suas fraquezas, era capaz de entendê-la em aspectos que nem ela entendia. Ou ele achava isso. Ou, de todo modo, eu imaginava que ele achava.

E sentaram-se à mesa de jantar, naquela sala sombria, onde apenas o tiquetaque do relógio em cima da lareira e o tilintar da prataria quebravam o silêncio pesado entre os dois. Comiam peixe. Ele perguntou se ela queria jogar xadrez depois do jantar, mas ela prometera visitar Brenda por uma hora. Ele balançou a cabeça e não disse mais nada. Sua mãe não esperou o café, pediu licença e subiu para pôr o chapéu. Ratcliff estava no escritório quando ela saiu, dez minutos depois. Talvez tenha sentido tristeza por pensar que ela estava prejudicando o casamento. Talvez pensar que de certo modo era responsável pela infelicidade conjugal o entristecesse também. Agora, porém, aquilo se tornara um problema, um problema difícil, delicado, eliminar a causa da infelicidade, desfazer o estrago, trazê-la novamente para casa.

Telefonou para Brenda, envergonhado por estar fazendo aquilo, arrisco dizer, mas fazendo assim mesmo. Brenda improvisou corajosamente. Fanny falou que talvez passasse aqui, mas ainda não chegou. Então ela também estava metida na história, Ratcliff pensou, recolocando o fone no gancho. Depois, afundou na poltrona, pressionou as palmas das mãos juntas, tocando os lábios com as pontas dos dedos, e franziu a testa. Edward. Edward. Onde ouvira esse nome, recentemente? Quem lhe falara a respeito de um sujeito chamado Edward? De repente, um estalo: Vincent Cushing. Um dos residentes de Cushing costurara a luva cirúrgica no estômago do paciente: Edward Haggard. Meu Deus, ele conhecia o sujeito! Jantaram juntos até, na casa de Cushing! Haggard estava na outra ponta da mesa, fazendo Fanny rir a noite inteira!

Ratcliff telefonou a St. Basil e perguntou se o dr. Haggard estava de plantão. Sim, mas não se encontrava na enfermaria no momento. Saíra por uma hora. Gostaria de falar com o dr. McGuinness? Não, Ratcliff disse, não era necessário.

Eu caminhava ao lado de sua mãe por uma rua de casas georgianas decadentes escura e deserta, atrás do hospital. Fazia frio naquela noite. O céu não enegrecera, tingira-se de um azul-escuro curioso, que me levou a pensar nas horas anteriores à aurora. Nuvens esfiapadas passavam pela lua quase cheia, como se trapos e estandartes corressem atrás de um desfile noturno espectral. Sua mãe pegara no meu braço, aproximara-se, segurava-me com força enquanto caminhávamos. Contei a ela a respeito de Henry Bird, inconsciente no hospital de Griffin Head, e falar do meu medo de ter causado sua doença bastou para que soasse absurdo. "Um aneurisma, provavelmente", sua mãe disse. "Estava lá muito antes de você me conhecer." Ela não parecia brava por eu ter quebrado minha promessa de não telefonar. Disse-me que gostava de saber que eu precisava dela. Ratcliff nunca precisava dela, era auto-suficiente, sempre superior a tudo. Jamais mostrara fraqueza. Por que isso a fazia infeliz? Isso a sufocava. Sua força a sufocava e tolhia, a tal ponto que se sentia necessária só no caso do filho, você, e mesmo assim você estava indo embora, entrando na idade adulta e no mundo masculino, com tudo o que isso acarreta.

Ela estava muito triste naquela noite, como se soubesse o que estava para acontecer, todo o horror. Não ousei perguntar se havia mudado de idéia, e portanto não sabia se continuava tudo como era antes ou se aqueles seriam nossos últimos momentos. Paramos debaixo de um poste. Segurando seu rosto entre minhas mãos que ainda cheiravam a anti-séptico, beijei seus olhos, testa, a ponta do nariz, e senti novamente a onda familiar, potente, avassaladora passar por mim e me abalar. Por vezes, o que sentia por ela era demais. A luz da rua banhava sua fisionomia, dava-lhe um brilho amarelado. Os lábios ligeiramente afastados, os olhos a perscrutar meu rosto, as rugas de ansiedade e infelicidade. "Edward, querido", ela murmurou. Seguimos caminhando. A cena ficou gravada em minha mente.

Quando ela voltou para casa, a luz do escritório estava acesa e a porta, aberta. "É você?", Ratcliff chamou, e ela parou na porta. "Como está Brenda?"

"Tudo bem."

"E Anthony?"

"Não encontrei Anthony."

"Gostaria de se sentar e tomar um drinque?"

"Acho que não. Vou subir, Ratcliff."

"Como quiser."

A raiva veio certamente, uma onda tenebrosa que só com muita dificuldade ele conseguiu dominar. Ela não se dignava nem a sentar-se para tomar um drinque com ele. Mas a controlou. Determinara um rumo para suas ações e seguiria o plano, não o sabotaria com uma explosão de fúria, por maior que fosse a provocação.

De nós três, naquela altura, apenas Ratcliff compreendia bem em que direção seguíamos, só ele sabia que aqueles eram os últimos dias, em certo sentido. Sua mãe deve ter suspeitado, mas nos despedimos num tom meio ambíguo. Quanto a mim, o que estava a ponto de acontecer, o que Ratcliff estava a ponto de fazer, se mostraria o mais violento dos choques e teria as conseqüências mais duradouras — sinto-as até hoje.

Meu Deus.

Então, foi por isso que você me abandonou, foi por isso que renunciou a mim, me jogou fora, me deixou em pedaços — em *todos* os sentidos, em pedaços — desprezado, ignorado, arrasado, desamparado, sozinho? Claro que não, certamente não abriria mão tão facilmente de tudo o que tínhamos, mas foi o que fez, você permitiu que ele erguesse uma barreira entre nós...

Meu Deus.

Ele a chamou ao escritório novamente, não foi? Não foi assim que aconteceu? Ele a convocou — você não queria vê-lo naquele momento, ele já insinuara ter descoberto tudo, e eu imagino que Brenda tenha telefonado e contado que ele ligara para ela — você deve ter previsto o que vinha pela frente. Encontrou-o na frente da lareira, em pé. "O que foi, Ratcliff?", você disse, evitando os olhos dele ao cruzar a sala no rumo da caixa de cigarro sobre a mesinha, para pegar um e acender. Usava cinza naquela noite, um vestido cinza de lã macia, de manga comprida, justo na cintura, com cinto, o que eu adorava — você atravessou a sala com aquele vestido justo, em seu manto de lã cinzenta, e franzindo a testa acendeu o cigarro enquanto Ratcliff dava o bote. Por que cedeu a ele? Ele é um homem de personalidade forte, sei disso, senti a força de sua personalidade, já o vi percorrer os corredores de St. Basil, sei quanto é capaz de intimidar. Mas você também é forte! E não pensou em mim — que eu estava com você, que poderia lhe dar todo o apoio necessário? Só o que tinha a fazer era agüentar firme por alguns minutos, desafiar o sujeito, recusar-se a desmoronar durante a inquisição — por quê, por quê, meu amor, isso tudo precisava ser tão difícil, quando você *sabia* que eu a esperava, *conhecia* a profundidade de meu envolvimento? Mas você cedeu. Deixou que ele a dominasse, e, embora eu tenha saído abalado e destruído de tudo isso, não sinto ressentimento por você. Não foi forte o bastante — entendo. Ele disse que sabia que você não havia ido à casa de Brenda; blefava, porém você não sabia disso.

Meu Deus.

Meu Deus, você não, meu caro rapaz, sua *mãe*! Sua *mãe*! Ah, meu anjo, meu rapaz precioso...

Tenho uma imagem na minha cabeça, sua mãe entrando no quarto, tarde da noite, você sentado à mesa, com a luz acesa, concentrado no aeromodelo que estava montando, ela parada à porta, a silhueta escura emoldurada pela luz do patamar da escada, observando em silêncio, enquanto você montava a asa delicadamente, com seus dedos precisos e finos...

Voar — como você gostava de voar...

Lembra-se das tardes que passamos em Elgin? Quando falamos de idéias como o espírito, a vontade superior? E da busca pelo infinito? Você chegava depois das consultas da tarde, para me acompanhar no jantar frio deixado pela srta. Gregor, antes de subirmos. Eu lia para você, no escritório, ou simplesmente conversávamos. Freqüentemente não acendíamos a luz, observávamos o pôr-do-sol tingindo o horizonte, polindo os lábios do mar. Eu lhe oferecia um drinque, mas você em geral recusava. Ah, havia algo na atmosfera daquela casa grande, vazia, nos últimos raios de sol, na penumbra e na poesia que compartilhávamos — uma confluência de afinidades que começava a nos intoxicar, lembra-se? Certa vez eu lhe disse, de brincadeira, depois de lermos Swinburne juntos, que nosso destino era ganhar a guerra, uma vez que éramos muito mais cruéis que os alemães, e quando você me perguntou o motivo (um tanto assombrado, suspeito) de eu pensar assim, fechei o Swinburne, gesticulei com o livro no ar e falei: "Eis o motivo!". Aquilo o fez rir, não foi?

Ah, eu andava pela sala, mancava para lá e para cá, falando disso e daquilo — em determinado estado de espírito, com um certo tipo de interlocutor, entre meus próprios livros, sou o tipo de homem capaz de falar durante horas sem me repetir ou deixar de entreter, e você obviamente sabia escutar, sempre apreciei isso em você, e você ouvia, sempre me dava o ouvido companheiro de que necessitava, encorajava-me a divagar, intelectualmente, de um tópico a outro, e ocasionalmente, inevitavelmente, eu desviava para áreas de puro interesse pessoal. Lembro-me de certa vez ter mostrado uma imagem de que gostava muito, a reprodução de um quadro romântico que mostrava uma pilha de detritos gelados na imensidão polar desolada, e disse que a paisagem era um estado da alma; quando você a olhou, desconfiado, eu disse que pintar jamais deveria ser o ato de imitar, mas sim, sempre, a recusa da imitação, pois a arte, afinal, deve aspirar à paixão, em última análise. E você disse: "Paixão?".

Interrompi meu vaivém, coxeei até a janela e olhei para fora. "Ela acreditava que isso era o máximo de que somos capazes, nós, seres humanos civilizados", murmurei.

"Quem acreditava?"

A pergunta foi feita no mais suave tom, um mero sopro entre as sombras. Não falei nada. Apoiei o antebraço no parapeito da janela, depois a testa no braço, e concentrei o peso na perna boa enquanto olhava para o mar, do qual os últimos tons do ocaso já haviam partido inteiramente. Nenhum de nós rompeu o silêncio. Você sabia de quem eu estava falando. Falei isso. Você disse, "Ela pensava que não havia nada melhor do que a paixão? A paixão física?".

O ascetismo moral da juventude. "Não creio que seja algo assim tão simples", falei, afastando-me da janela para encará-lo na penumbra. "Acho melhor não julgá-la com dureza."

"Ela não queria que eu voasse", você disse, envolto nas sombras na outra ponta da sala, numa poltrona antiga de espaldar alto que pertencera a Peter Martin. "Tentou me convencer de que não haveria guerra alguma."

"Ela o amava", falei. "Queria protegê-lo. Instinto materno, naturalmente."

"Perguntei-lhe se era contra o fascismo. Ela disse que sim, claro. Mas que também era contra a guerra."

"E?"

"Eu lhe disse que não poderia ser contra os dois."

Dei-me conta, de repente, com avassaladora clareza, de que o estava perdendo. De que, após aquela noite, nunca mais voltaria. Chegara a uma decisão qualquer a respeito de sua mãe e do papel que eu desempenhara na vida dela, e não restava mais nada que quisesse saber, embora eu mal houvesse iniciado a tarefa de explicar tudo a você. "Duvido que ela estivesse entendendo realmente o que havia em jogo", você disse, e pela primeira vez ouvi em sua voz e no seu pensamento o inconfundível tom de Ratcliff. Meu coração se estreitou. A idéia de que carregaria consigo, talvez pelo resto da vida, a visão de Ratcliff a respeito dela, e seu desprezo arrogante pelo nosso caso de amor e tudo o que ele significava, me era inaceitável. Busquei mentalmente um meio, qualquer meio, de impedir que isso ocorresse. "O seu pai comentou a doença dela?", falei.

Vi que você se virava para mim, na escuridão. Pausa.

"Por que pergunta?"

"Gostaria de ter podido vê-la, só isso."

"Por quê?"

Dei de ombros, ligeiramente, e virei-me para a janela — ah, prometera jamais levantar a questão em sua presença, mas estava desesperado, não queria perdê-lo! "Não é nada", murmurei. "Esses casos — problemas obscuros nos rins — são complicados. Difíceis de serem diagnosticados corretamente."

Nova pausa. "Acha que houve erro de diagnóstico?"

"Não, não, não. Tenho certeza de que foi feito todo o possível. Só que eu gostaria de tê-la examinado pessoalmente, só isso."

O que você deduziu disso? Não dava para dizer; você era delicado demais para atribuir a mim um motivo desonroso.

Silenciosamente, o tempo passou, e me odiei por estar fazendo aquilo — plantando a semente da desconfiança, era isso que eu fazia, instigava a suspeita, uma suspeita que o infectaria até forçá-lo a me procurar novamente.

Você se levantou para ir embora logo depois, perturbado, percebi, por nossa conversa, embora inseguro quanto ao motivo exato do incômodo. Apertei sua mão na porta da frente e você como sempre foi muito doce ao partir, um tanto formal, desculpando-se por tomar tanto tempo. Como se eu tivesse coisa melhor a fazer! Você montou na bicicleta e se foi. Observei-o descer pela estrada no escuro, os pneus rangendo no cascalho, pequeno e magro e ereto no selim. No ponto em que o caminho acaba na estrada da costa você se virou para acenar e me viu ao longe, de paletó de veludo preto e camisa branca como a neve, um lenço de seda no pescoço, e ergui a mão, parado na porta de minha casa escura, estreita e alta. Em seguida, entrei e fechei a porta atrás de mim, seguindo para o consultório para tratar de Pino. Tudo isso, claro, antes que começasse nosso relacionamento de médico e paciente.

Médico e paciente... dou-me conta, por vezes, da grandeza de meu espírito. Nesses momentos considero absurdo que ele tenha se abrigado neste corpo, que se transformou numa ruína desde Pino. Por isto apaixonei-me por Elgin: oferecia uma estrutura adequada para mim, pois não sou um homem pequeno, espiritualmente. Por uma peça da natureza e por ironia das circunstâncias, fui aprisionado nesta carcaça defeituosa e fraca, embora nunca, creio, tenha ficado tão claro para mim, até conhecê-lo, ou melhor, até que você começasse a sofrer de uma disfunção glandular peculiar, a que ponto podia ir essa tendência de erro e falha da natureza. Minha preocupação com que você entendesse a natureza de meu relacionamento com sua mãe logo seria suplantada por minha preocupação com *você*, por você e pelo que lhe aconteceu enquanto enfrentava diariamente o risco de morte violenta.

Meu último encontro real com seu pai ocorreu quando cheguei ao saguão do hospital certa tarde, subindo a escadaria do porão, perto do banco onde sua mãe e eu fizemos amor. Ele usava um avental de borracha verde-escuro sob o jaleco branco e ia descer os degraus. Parou e me encarou. Creio que me ver ali o enfureceu. Creio que havia atingido um tal estado de fúria ciumenta que foi incapaz de se controlar. Segurou-me pelo braço. Disse que eu era um verme odioso. Disse que eu era furtivo, insidioso e desprezível. Disse que eu não fazia idéia dos danos que provocara, do mal que estava fazendo: ele disse tudo isso sibilando, numa voz baixa que não atraiu a atenção de ninguém, com um charuto entre os dentes, segurando meu braço com firmeza, para que eu não pudesse me afastar. Foi quando me acusou de prejudicar sua mãe que resolvi responder, e em função de tudo o que lhe contei, você entenderá que agi com comedimento, embora à toa. Eu afirmei que ele a prejudicara, que não era digno dela. Ele se calou. Soltou meu braço e me deu as costas, depois virou-se e com um movimento maldoso me esbofeteou com força, usando as costas da mão. A velocidade do ataque me pegou completamente de surpresa. Sou um homem pequeno e o golpe me desequilibrou. Os óculos voaram. Lembro-me de ter pensado, naquela fração de segundo em que a mente funciona com clareza alucinada, que poderia recuperar o equilíbrio agitando os braços. E assim, com o jaleco branco esvoaçando, o estetoscópio pulando no meu peito e recuando involuntariamente, agitei os braços no alto da escada, sem resultado. Rolei e caí no patamar entre os dois lances.

Da queda em si não guardo lembrança. Num instante perdi o equilíbrio no alto da escada, no seguinte estava deitado no patamar de baixo, e quando tentei me mexer senti uma dor nos quadris como jamais sentira antes, uma dor que nem imaginava possível. Ali deitado, nauseado, não tinha condições de fazer o menor movimento, temendo a volta da dor; percebi perfeitamente o que ocorrera, tive uma visão clara da patologia, era óbvio, realmente, depois de uma queda como aquela: o colo do fêmur estava fraturado. Eu havia quebrado a bacia.

Suponho que desmaiei, então. Tive alguma consciência de vozes e rostos, de ser posto na maca, carregado para cima e tudo o que tocava nos quadris me fazia gritar de dor. Só quando já estava na cama alguém me deu uma injeção de morfina e, misericordiosamente — nada. O último pensamento que me passou pela cabeça, quando a agulha entrou, foi a expressão "pino e tração".

Fratura no quadril não tem mistério. Abre-se, afasta-se o músculo e se introduz o pino de aço. Chama-se Smith-Petersen e mantém unidas as partes quebradas. No tempo frio, ou quando estou cansado, ou se passo tempo demais de pé, ocorre a inflamação da junção pélvico-femoral, que é aquela em que o osso da coxa se encaixa na pelve. Aí dói demais, é quando preciso injetar morfina para me sentir alegre — sabe como sou quando Pino não dá trabalho. E se não fosse por seu pai, que me jogou escada abaixo naquele dia, eu jamais teria conhecido o prazer da companhia de Pino.

As ironias passaram a se acumular rapidamente. Entre elas, destaque para a internação em St. Basil como paciente e para o fato de ter sido levado para um leito em minha própria enfermaria, tendo McGuinness como médico responsável. Era uma enfermaria tipo Nightingale, com quinze leitos de cada lado, num salão comprido de pé-direito alto, cada leito com a prancheta do paciente pendurada num gancho ao pé da cama, registrando a temperatura. O piso de taco guinchava, as paredes eram pintadas de verde-claro até a altura do ombro e de branco dali para cima. Três janelas grandes em cada parede exibiam vasos de flores nos parapeitos. O cheiro de anti-séptico permeava tudo. Era um lugar movimentado, pacientes arrastavam os chinelos vestindo camisolões, seguiam para os exames em cadeiras de rodas, enfermeiras andavam de um lado para o outro, havia visitas médicas de manhã e à tarde, McGuinness ia de leito em leito com a enfermeira-chefe — e duas vezes por semana Cushing o acompanhava em grande estilo.

Meu Deus, como passei a temer o som de seus passos quando subia da sala dos cirurgiões! Conheço bem a atitude dos cirurgiões em relação a pacientes com fraturas: acham que são uma chateação, francamente tediosos, nem um pouco interessantes, de recuperação demorada. Exigem raios X, trocas de gesso, ajustes na tração, há sempre milhares de coisinhas a fazer por eles, e nunca se pode relaxar, pois, embora pôr um pino no quadril seja o procedimento mais comum quando se trata de fratura, depois que se inicia a operação as chances de infecção crescem quase em proporção direta ao tempo em que o corte permanece exposto. O corpo tolerará o pino, desde que não haja infecção em volta, e se a infecção ocorrer ela só pode ser controlada se o pino for removido, e depois é preciso recomeçar tudo. Portanto, deve-se fazer tudo direito e depressa da primeira vez.

Cushing explicou tudo isso para mim com uma espécie de prazer perverso.

Contudo, o aspecto dominante no período imediatamente posterior ao ataque de seu pai foi a dor. Cushing operou no dia seguinte, assobiando Puccini sem parar, me contaram, e depois fui posto na tração, a perna suspensa pelo joelho, com pesos presos aos tornozelos, para impedir que os músculos tirassem o pino do alinhamento. A dor começava cada vez que eu recobrava a consciência, atingia rapidamente o pico e se mantinha com uma intensidade tão grande que me forçava a virar de um lado para o outro, fazendo tudo para não gritar, o que nem sempre era possível. McGuinness resolvia o problema (sempre parecia demorar uma eternidade), mas quando finalmente aparecia e percorria a enfermaria até chegar a mim, em vez de sentir alívio com sua aproximação, eu ficava ainda mais agitado, e quando ele chegava perto da cama eu literalmente implorava pela picada, e nem a expressão de desprezo em seu rosto conseguia me silenciar, de tão terrível que era a dor.

Ah, nunca se arvore em juiz da intensidade da dor alheia! Nunca julgue o que pode ser suportado — meu caro rapaz, nem preciso dizer isso *a você*. McGuinness sentava-se ao lado da cama, franzindo o cenho enquanto sugava o líquido para dentro da seringa, e resmungava: "Calma, homem, vou dar sua dose". Mesmo em meu desespero desolador, era capaz de ler sua mente, ele considerava revoltante que um homem (e ainda por cima médico) se humilhasse daquela forma numa enfermaria pública. Finalmente eu sentia a picada, depois o arrepio, começava a suar, a boca secava, a dor diminuía e eu ficava ali, banhado em suor, olhando para o aparelho Balkan em cima da cama, com suas barras de aço e polias, e com os remanescentes enevoados da consciência sussurrava uma prece de agradecimento. E logo mergulhava num sono leve, inquieto.

Olho para a pista de pouso e tento expulsar a vergonha que a memória associa àqueles dias. Foi terrível, terrível — a indignidade de depender das enfermeiras para evacuar e urinar. Ser incapaz de virar-me na cama, pegar um livro ou um cigarro. Caíam migalhas nos lençóis. E, pior de tudo, a dor. Tentei manter as injeções no mínimo, duas por dia, mas sempre precisava de mais. Tentei controlar — suportar o máximo —, mas quando ela começava a incomodar de verdade, chegando ao auge sem ceder, eu sentia enfraquecer minha força de vontade e desabava feito uma ruína. McGuinness acabava vindo, usando no rosto a máscara da neutralidade profissional, embora eu pudesse ver a piedade e o desprezo que ocultava. Com eficiência muda ele me dava a dose e passado um momento a dor diminuía, as luzes ficavam mais brilhantes e eu me sentia melhor, embora curiosamente ela não desaparecesse; ficava ali, perdendo apenas o poder de dominar a consciência e excluir todo o resto. Só não fazia mais diferença, não me fazia mais *sofrer*.

Eu experimentava então uma sensação de crescente deslumbramento; as vozes na enfermaria pareciam vir de longe, de milhares de quilômetros de distância, eu pensava em sua mãe e meu coração se enternecia. Mesmo então, sabe, no momento máximo do sofrimento, ela estava comigo, era minha inspiração, e eu passei a acreditar que sem ela, sem a idéia de que estava no mundo e me amava, algo de que não duvidava, embora nunca me visitasse, claro — sem isso, os primeiros dias teriam sido insuportáveis. Pois eu acredito (Peter Martin me ensinou) que o espírito pode ser mobilizado para finalidades terapêuticas. Meu desejo de sarar, de criar uma ligação óssea no meu fêmur, baseava-se naqueles dias, na lembrança de sua mãe, e portanto num sentido bem concreto: foi *através dela* que consegui invocar os recursos de meu corpo para fundir os fragmentos num novo todo.

Mas eram estranhos e terríveis os dias e as noites na tração. Acordei certa vez no escuro, convicto de que os fios do aparelho Balkan eram o cordame de um navio, da embarcação macabra da morte pronta para zarpar e me levar a um mar subterrâneo, a uma ilha dos mortos de onde ninguém regressava. Lutei para saltar do navio e em pânico consegui abalar a estrutura inteira, todo o complexo sistema de pesos e roldanas, e no processo quase arranquei Pino do meu quadril. A enfermeira da noite me disse depois que só com grande dificuldade eles conseguiram me segurar e me acalmar com uma injeção, porque em meus esforços de fugir do navio de algum modo encontrei a força de dez homens.

Quando finalmente me deixaram sair do leito e passear pela enfermaria de muleta, eu era uma criatura encovada, cinzenta, de olhos fundos, indiferente e irritadiço, dado a dores de cabeça e coceiras e ondas repentinas de dor — e em meu cabelo surgira uma mecha branca inusitada. Por causa da dor e das injeções de morfina necessárias para controlá-la, meus braços pareciam peneiras, as marcas se juntavam em escaras medonhas. Eu já fora informado da morte de Henry Bird, o que não ajudou em nada, mas, como dizia, naquela altura eu ainda acreditava em sua mãe, e me lembrava de nossa última conversa, na qual ela habilmente eliminou meu sentimento de culpa a respeito dele. Fui capaz até de enfrentar o choque de receber a visita de Vincent Cushing, que informou rispidamente não me querer mais em sua equipe. Até isso consegui encarar, pois já previra que Ratcliff falaria com ele, exigindo minha demissão — e a obteria, visto que ocupava, assim como Cushing, um cargo inexpugnável na alta hierarquia de St. Basil. O pior de tudo era que eu não podia dizer uma só palavra em minha defesa. Não podia acusá-lo de ter me jogado escada abaixo, porque envolveria sua mãe num escândalo, o que era inimaginável. Mas, sim, eu podia lidar com tudo, pois pensava que ela me amava, acreditava em mim e me esperava.

Passei seis semanas na tração, e esperei mais seis até poder apoiar algum peso na perna. Mudei. Durante aquelas semanas terríveis, mudei. O sujeito espectral acinzentado que se afastou coxeando de St. Basil no verão de 1938 era uma criatura diferente do homem apaixonado que demonstrara coragem na primavera, jogando na cara do patologista-chefe o mal que fazia à esposa. O sofrimento deixa marcas; como é mesmo que Wordsworth diz?

O sofrimento é permanente, obscuro e sombrio,
E partilha da natureza do infinito.

Meu sofrimento era permanente, sem dúvida; quanto a ser obscuro e sombrio, a rejeição de sua mãe era o único choque ruim que eu teria de suportar — todo o resto eu enfrentaria sem titubear, se ela houvesse permanecido a meu lado. Ela não ficou comigo; e, embora meu amor não tenha diminuído nada — sua intensidade só aumentou, na verdade —, fui obrigado a seguir em frente sozinho. Isso me deu resistência. Amadureci. Envelheci muitos anos naquelas poucas semanas, aprendi muito a respeito do espírito e daquela bolsa em forma de pêra, pouco maior que o punho, dotada de quatro ventrículos, a que chamamos de coração humano. A poesia, sabe, foi minha grande ajuda naquelas noites tenebrosas, saber que o que eu estava passando já ocorrera antes com homens capazes de transmutar a experiência em beleza:

Muitos homens alquebrados
Iniciam-se na poesia por desacerto,
Eles aprendem ao sofrer o que ensinam na canção.

James, anjo caído: esta é a minha canção.

* * *

Ainda conservo a carta que ela mandou para mim. Pretendia mostrá-la a você um dia, mas acho que não faz mais diferença. Foi massacrante. Creio que me arrasaria mesmo se estivesse gozando de saúde perfeita. Teria devastado qualquer homem. Não dizia muita coisa. Nunca mais nos veríamos. Eu precisava manter minha promessa de nunca mais procurá-la e de nunca tentar fazer com que mudasse de idéia. Jamais daria certo — com certeza, escreveu, eu já sabia disso, não sabia? Ela tinha filho, lar, casamento. Estava tudo acabado. Nenhuma ternura. Nenhuma palavra de amor. A primeira vez em que a li foi como se tivessem jogado em minha cara um balde de água fria. Pino manifestou-se imediatamente, e precisei gritar por McGuinness, embora tivesse passado ali havia uma hora. O que eu podia fazer? O que devia fazer? Senti a mão de Ratcliff na carta toda. Era fácil demais imaginar a situação dela: ele atendia o telefone, interceptava a correspondência, vigiava a mulher como uma águia; qualquer tentativa de minha parte só pioraria as coisas. Não temia Ratcliff, não pense isso. Apesar do que ele havia me feito, não pense isso. Mas temia o que poderia fazer a sua mãe, caso eu desobedecesse às instruções.

Telefonei para ela, em uma ocasião. No meio da tarde, quando Ratcliff estaria com quase toda a certeza na Patologia. Segui de muleta até o final da enfermaria, onde havia um telefone público. De camisolão e chinelo, fraco por causa da dor e da apreensão, disquei o número. Atenderam no quarto toque. "Alô?", ela disse. Sua voz era neutra. Desprovida de expressão, dolorosa e pateticamente vazia de sentimento — foi assim que ele a obrigou a agir. "Sou eu", falei. "Você pode conversar?"

"Quem fala?"

"Edward."

"Ah." Pausa longa. "Pois não?"

"Recebi sua carta. Sei que não quis dizer aquilo."

"Lamento, mas não posso conversar com você", disse com aquela voz fria, morta, e desligou. Fora isolada de mim, enfiada num calabouço por Ratcliff. Na tarde seguinte aconteceu uma coisa sinistra. Deitado na cama, dei-me conta de que ele estava parado no final da enfermaria, de avental preto de borracha, com as mangas arregaçadas, olhando para mim. Então, surgiu ao lado de minha cama. "Seu idiota, ela não quer saber de você", ele sibilou. "Não entende isso? *Ela não quer você!*" Tentei erguer a cabeça do travesseiro, mas não consegui — o esforço me cansou demais — e fiquei encharcado de suor. Uma onda de náusea tomou conta de mim, e quando abri os olhos novamente ele já fora embora. Ela contara a ele, portanto. Nunca mais tentei entrar em contato.

Ah, pensava nisso. Achei, por algum tempo, que era meu dever procurá-la, dar um jeito de afastá-la de Ratcliff e levá-la a ver o que ele estava fazendo com ela; não podia esquecer seu tom de voz quando disse, "Lamento, mas não posso conversar com você". As palavras ecoavam em minha mente, naquele tom insípido, morto; durante os dias e noites de dor passados em St. Basil, elas me alquebraram, e uma semana transcorreu até que finalmente comecei a aceitar o fato de que teria de ficar longe dela. Precisava permitir que fosse embora, precisava: de um lado para o outro da enfermaria, mancando na muleta, as palavras se repetiam como se um coro cantasse um refrão em minha cabeça — deixe que vá, deixe que vá —; exércitos a marchar através da Europa, e enquanto marchavam todos cantavam, deixe que vá, deixe que vá. "Mas *não posso* deixá-la ir!" Acordei certa noite com esse grito nos lábios, acordei a enfermaria inteira (e, o que é pior, acordei Pino também), mas não adiantou nada, os exércitos continuaram marchando, sem parar: deixe que vá, deixe que vá.

* * *

Finalmente, recebi alta em St. Basil. Já conseguia andar apenas com o auxílio da bengala; a dor ainda me atormentava muito, e o kit médico de couro gasto que eu levava contendo agulha e ampolas era indispensável para meu senso de segurança, talvez o centro de minha existência. Aceitei o inevitável, sentia-me como se um ser amado tivesse morrido: estava de luto. Meu interesse pelo mundo exterior era nulo, sentia-me incapaz de qualquer atividade. Passava os dias e as noites a me arrastar pelo quarto em Jubilee Road, arrasado, folheando livros de poesia que acabava jogando de lado com indiferença e desânimo. Sabia que jamais amaria novamente. Jamais faria nada novamente. Só me restava prantear.

Disse a mim mesmo para esquecê-la, mas pensava nela constantemente. Tudo me levava a lembrar dela. As luminárias. O tapete. A mosca-no-vidro em meu bolso — seguia sempre do lado de Pino, eles pareciam vinculados de algum modo, Pino e a mosca. Eu a tirava do bolso uma dúzia de vezes por dia, e a rodava na mão até virem os soluços, até o pesar me inundar de novo, o que agitava Pino e me fazia pegar o kit médico de couro gasto para acabar com a dor, pois uma dor infalivelmente atraía outra, como se uma corrente fluísse do coração para a bacia, da bacia para o coração. O Keats que ela me deu, que líamos juntos na frente do aquecedor, estava cheio de recordações, assim como o vaso de porcelana, as flores (não deixei que a sra. Kelly as jogasse fora) a essa altura mortas; depois de várias semanas, a água cheirava mal, mas eu juntei as pétalas secas caídas num pires e as olhava durante horas a fio: *ela tocara aquelas flores*! Sua voz vinha em meus sonhos, embora fosse difícil dormir, mas no torpor semiconsciente em que caía depois de aliviar Pino — era então que eu me tornava mais suscetível a sua presença, o som da sua voz, os passos na escada, do lado de fora da minha porta — eu me levantava da poltrona no meio da noite, e com aquela ginga grotesca — mancava um pouco, me arrastava outro tanto — de aleijado agitado, eu me arrastava até a porta para escancará-la e encontrar... nada!

Nada. Afundei na indiferença da depressão. Ocorreu-me que se eu invocasse a lembrança de cada ocasião em que estivemos juntos — o que fizéramos, o que havíamos dito — poderia de algum modo remover o poder de ela me invadir e devastar. Poderia desligar. Não adiantou nada. Pior: exacerbava a dor, o que despertava Pino, e eu precisava de uma dose, e depois ouvia a voz dela e tudo recomeçava.

Eu estava ficando louco.

Precisava fazer alguma coisa — meu Deus, tinha de ganhar a vida! Obriguei-me a encarar os fatos. Uma carreira na cirurgia não era mais viável, então eu precisava pensar na clínica geral. As oportunidades em Londres eram escassas, mas poderia facilmente conseguir emprego como assistente em uma clínica do interior e ganhar quinhentas libras por ano. Em função de tudo o que havia acontecido, com o estado de espírito em que me encontrava, a idéia de sair de Londres ganhou força, e pela primeira vez em semanas senti um minúsculo lampejo de interesse — até que a realidade de clinicar no interior se impôs. Seria realmente o máximo que eu poderia almejar? E o jovem médico promissor que conseguira uma vaga disputadíssima num dos melhores hospitais-escola de Londres — eu me tornaria um assistente mal pago e explorado de um médico interiorano qualquer? Pelo jeito, sim.

Isso provocou uma nova onda de desespero, prostração, autocensura. Eu era inútil e desprezível, merecia todos os infortúnios que desabaram sobre mim. Nunca fora nada além de um sujeitinho inútil e desprezível, era impossível que sua mãe tivesse me amado. Ela fez bem em me rejeitar. Eu era incapaz de amar, incapaz de fazer qualquer coisa que valesse a pena, era medíocre, narcisista, desonesto, fraco, e minha única meta fora ocultar minhas fraquezas — isso parecia ser a verdade inegável, pois, além de tudo, aparentemente agora eu era viciado em morfina. Só me surpreendia eu ter precisado descer tanto para admitir tudo isso.

A característica mais saliente daqueles dias, portanto, era uma profunda insatisfação comigo mesmo, e quando ela chegava a um ponto extremo despertava Pino, o que me levava ao kit médico, e nas poucas horas de devaneio que se seguiam sua mãe se tornava uma presença viva para mim, o que punha em movimento o mecanismo de lamentação mais uma vez. A criatura morta, neutra, contida em sua prisão, impotente para escapar, não era sua mãe, percebi — era eu. Não admirava que ela tivesse me rejeitado. Esses eram meus pensamentos. E qualquer piedade que eu pudesse sentir por ela deveria, por uma questão de justiça, se voltar para mim: era eu o fraco impotente! Por isso voltei-me contra mim, me fiz sofrer, e no processo obtive uma gratificação doentia, autopunitiva. Ocorreu-me a certa altura que, se eu morresse, sua mãe seria finalmente forçada a reconhecer o que eu sentira por ela, e o que sacrificara. Ah, eu era uma ferida aberta, e sem dormir não poderia me curar.

Percebi que a primeira coisa a fazer era me livrar da morfina. Pino doía, era um fato da vida, mesmo depois da soldagem do osso em meu quadril; e doía mais quando eu dormia, quando os músculos relaxavam e o osso danificado raspava feito uma lixa no apoio da pelve. A agulha aliviava aquela dor; não somente a aliviava como trazia em sua esteira ondas de paz e serenidade — mesmo assim, eu não podia usar a morfina como muleta pelo resto da vida, provocando só Deus sabe que efeitos em minha atividade moral e intelectual. Por isso, parei. Certa manhã, simplesmente parei.

No início, foi tudo bem. Levantei-me no horário habitual e passei a manhã sem a dose costumeira, lendo o jornal por várias horas. Por volta do meio-dia — doze horas depois da última injeção —, comecei a ficar inquieto. Percebi que uma sensação de fraqueza tomava conta de mim gradualmente. Comecei a bocejar, notei que não parava de tremer. Passei um cobertor em volta do ombro. Acho que estava chorando, mas não de desgosto, não era um choro de verdade e sim uma secreção molhada e quente que escorria dos olhos e do nariz copiosamente. Enfiei-me na cama — aquela cama enorme que rangia quando eu a compartilhava com ela — e mergulhei num sono inquieto.

Durante a tarde quente de verão virei-me de um lado para o outro sob os lençóis, atormentado por sonhos grotescos. Vi Ratcliff avançando contra mim de avental preto de borracha, o rosto contraído de raiva, tendo na mão uma faca de amputação. Vi meu corpo na mesa de aço da sala de autópsia; Ratcliff, Miggs e Cushing em volta observavam. O tórax estava aberto, as entranhas empilhadas em cima do peito, caprichosamente, e meu pênis rolava pelo chão. Ergui-me, apoiado no cotovelo, preocupado em recuperar o pênis, mas as entranhas deslizaram e caíram no chão. Todos riram.

Acordei às seis da tarde: dezoito horas desde a última injeção. Não conseguia parar de bocejar — temi ter deslocado o maxilar, tão violentos eram os bocejos. Exércitos de formigas moviam-se debaixo da pele. Enrolado no cobertor, com os olhos cheios de lágrimas e o nariz tomado por um muco ralo, consegui com dificuldade fumar um cigarro. Tremia incontrolavelmente. A certa altura, com muito esforço cheguei até a lareira e olhei meu rosto no espelho. As pupilas estavam dilatadas e a pele da face, como que arrepiada, toda espinhosa. De repente, senti uma náusea violenta. Não daria tempo de chegar ao banheiro, no final do corredor, por isso tentei alcançar o vaso do quarto. O vômito saiu explodindo. Seu conteúdo exibia manchas de sangue. Ajoelhado em cima do vômito ensangüentado, abri a camisa e vi a pele da barriga cheia de nós, como se debaixo dela um ninho de víboras se agitasse. A diarréia chegou logo depois. Mas não cedi.

As horas passavam lentamente. Chamei o nome de sua mãe, ele me dava coragem. Fazia isso por ela, pois era o único meio de ir em frente. Na manhã seguinte eu estava num estado lastimável. Numa tentativa desesperada de aliviar os calafrios que me atormentavam, voltei para a cama e me cobri com todos os cobertores disponíveis. O corpo inteiro tremia e balançava debaixo da pilha de cobertas, mas a dor nos quadris e em todos os músculos impedia que eu dormisse ou pelo menos descansasse. Saí da cama por algum tempo, e manquei de um lado para o outro do quarto, tentando me aquecer. Abri um livro e tentei ler; impossível. Com lágrimas de frustração e desespero voltei para a cama: os lençóis e cobertores estavam ensopados até o colchão. Então, alguém bateu na porta! Sujo, com a barba por fazer, fedendo a vômito, perguntei sem abrir: "Quem é?". Minha voz saiu fraca, apenas um fio, como se eu fosse velho. Nem sequer fui capaz de evitar que Desmond Kelly entrasse para ver o que estava acontecendo.

O tempo passava com insuportável lentidão, e não havia alívio. Não conseguia comer nem beber, e no decorrer do segundo dia enfraquecia mais e mais, à medida que as reservas do organismo eram consumidas e a vitalidade me abandonava. Pensei que iria morrer, caso não encontrasse alívio; e aquele parecia ser um preço alto a pagar para dispensar a muleta. Pouco depois do meio-dia, cedi. Mal tive energia para me levantar da poltrona e preparar a dose com mãos trêmulas. Trinta minutos depois (tão rápida foi minha recuperação) eu já estava embaixo, limpo, barbeado e brincando com Desmond Kelly a respeito dos barulhos terríveis que ele ouviu em meu quarto durante a noite. Oito horas depois senti novamente a angústia que provocara o pesadelo, e decidi prolongar minhas férias do inferno. E assim tem sido, desde então.

Três dias depois ouvi baterem à porta novamente. Aproximava-se o final da tarde, a luz começava a ir embora. Desmond Kelly entregou-me uma carta. Abri-a. Era de Hugh Fig, o advogado de Griffin Head. Pelo jeito, o testamento de tio Henry havia sido aberto: ele deixou tudo para mim, inclusive a casa. Olhei para cima — sorridente, encarei o rosto triste e suave de Desmond Kelly — e naquele momento soube que estava salvo. No meio das minhas trevas surgira um raio de graça abençoado. Apesar de tudo o que eu havia feito a ele, tio Henry mantivera a fé em mim. A graça, sem ser convidada, havia entrado na festa. Meus próximos passos eram óbvios, certos e naturais.

Senti minha energia vital voltar — podia agir novamente! Disse isso a Desmond Kelly. "Que bom, doutor", ele falou. Não se surpreendeu. Uma onda de euforia se formou dentro de mim. Segurei-o pela mão — certamente, eu me comportava feito um louco descontrolado, com a pele acinzentada, desmazelado, meu estado de espírito indo da depressão profunda à excitação incontrolável de um instante a outro. Desmond Kelly não se abalou. Conhecia o coração humano.

Decidi ir a Griffin Head sem demora. Telefonei a Hugh Fig e pedi que me esperasse no dia seguinte, no período da tarde. Ele perguntou se eu queria ficar na casa de meu tio — minha casa, agora. Não, falei, prefiro outro lugar; poderia recomendar um hotel decente? Ah, o Ship, disse, o senhor vai ficar bem hospedado no Ship.

Na manhã do dia seguinte abri caminho por entre a multidão em Victoria, apertando o passo ao máximo, até onde Pino permitia. O dia quente me levou a pôr o terno de linho, que eu não usava desde aquele verão; mal saía de casa agora, e quando o fazia pouco me preocupava com a aparência. Mas isso acabara! Tinha feito a barba, posto um belo panamá, usava óculos escuros para ocultar as olheiras fundas — outra noite insone, embora dessa vez tenha sido a animação que me manteve acordado — e uma capa de chuva leve, para o verão, jogada sobre os ombros. Levava a bengala, a passagem, a maleta menor de viagem e Pino estava sob controle. Sentia-me como um homem no portal de uma vida nova. Senti que uma grande jornada se iniciava — e era isso mesmo, uma jornada que me trouxe até este momento, esta pista, este final — este final estranhamente glorioso...

Comprei um jornal na banca da estação. A situação na Tchecoslováquia era crítica. Sentei-me à janela, fumando um cigarro, com a bengala presa entre as pernas e a maleta no compartimento do alto. Como a Inglaterra estava linda naquele dia! Apreciava os Downs, colinas ondulantes de um verde exuberante com seus cumes arredondados, como montes funerais, cheios de ovelhas a pastar sob o sol. Campos dourados de milho, céu azul alto e sol quente, vilarejos sonolentos, grandes propriedades — o que me importavam as tragédias sombrias da guerra, os povos desconhecidos de uma terra distante? Logo chegou o melhor momento, quando se sente o odor de sal no vento. Descemos a serra e chegamos à planície costeira, onde há um farol, o mar brilhante sob o céu azul-profundo, e finalmente alcançamos Griffin Head propriamente dita.

Peguei um táxi no centro e depois de me instalar no Ship fui até o escritório de Hugh Fig, à beira-mar. Conversamos a respeito da venda da casa de Henry e da considerável carteira de ações que deixara. Foi tudo muito simples e direto. Concluímos os negócios e, quando eu já estava de saída, Fig me perguntou se eu me lembrava de Peter Martin. Claro que sim, falei. Havia conversado com Peter Martin pelo telefone diversas vezes, durante a doença de Henry. Ele era clínico geral. O que Hugh Fig disse em seguida teria um impacto profundo, e não só em minha vida, mas também, creio, na sua. "Peter Martin", ele disse, "é um senhor idoso. Francamente, está muito velho para dar conta do serviço sozinho. Ocorreu-me perguntar se o senhor não conheceria ninguém interessado em adquirir a clínica."

Parei, com a mão na maçaneta da porta — e você sabe o que aconteceu em seguida: apaixonei-me pela casa; fiquei apaixonado pela casa e a transformei num museu de nostalgia, num templo à memória de sua mãe, onde idolatrava seu espírito e indubitavelmente continuaria a fazê-lo, se você não tivesse aparecido e me puxado novamente para dentro do fluxo da vida. Foi por isso que veio ter comigo? Seria este seu objetivo, mostrar a possibilidade de vida após a morte? De uma reconciliação entre espírito e natureza? De uma *reunião*?

Contudo, depois de nossa última conversa, na qual o tom de Ratcliff se fez notar em sua voz, senti que o perdia — perdia você, como perdera a ela! E essa possibilidade me atingiu com mais força do que eu julgava possível. Por isso, plantei a semente da dúvida. Ao levantar a questão da doença de sua mãe, instilei em sua mente uma dúvida que o traria de volta a Elgin algum dia, pensei. Não que sua dúvida fosse desprovida de fundamentos; costumo pensar sempre, nas longas vigílias noturnas, no que teria acontecido nas últimas semanas de vida de sua mãe. Os médicos são notoriamente pouco confiáveis no diagnóstico e tratamento de sua própria família, disso ninguém duvida. E o que dizer então de um médico enganado e traído pela esposa? Ratcliff Vaughan era um homem cruel, agressivo — teria desprezado os sintomas iniciais de sua mãe (doenças dos rins podem ser muito ardilosas) como um mal dos "nervos"? Teria ele, conscientemente ou não, deixado que ela adoecesse enquanto assegurava que não havia nenhum problema? A diarréia, a fadiga, a perda de tonalidade na pele — tudo isso, apenas "nervos"? Teria, portanto, punido sua mãe pela traição? Não é inconcebível. Portanto, quando lancei a semente da dúvida em sua mente, não cometi uma fraude pura e simples; tinha bons motivos para suspeitar.

Pois eu mesmo a vira, na primavera de 1939, e não parecia haver nada de errado com ela na ocasião. Uma mulher num jantar provocou em mim uma tormenta de sofrimento meramente mencionando seu nome — "Fanny!", ela disse. "Não conhece Fanny?" Foi o que provocou tudo, foi o que fez a febre voltar mais uma vez.

Foi no dia em que Hitler entrou em Praga. Ela não me esperava. Nem teria me recebido, se soubesse que eu estava lá. Quase um ano se passara desde a noite em que andamos juntos pela rua deserta atrás do hospital, sob a lua quase cheia. Eu fui de carro, saí de Elgin logo depois do café, cheguei a Londres ao meio-dia, parei sob uma castanheira em flor do outro lado da rua, em Plantagenet Gardens, tendo garantido com um telefonema, pouco antes, que Ratcliff estava em St. Basil. Não tinha a menor idéia do que pretendia fazer. Esperar que ela saísse, talvez, ou subir a escada e parar sob o pórtico, entre as pilastras, apertar a campainha e esperar do outro lado da porta pesada e negra que se abrisse e que eu fosse admitido numa casa na qual jamais entrara, no saguão de assoalho de madeira encerada com um espelho grande sobre o aparador...

Sentado no Humber, fumei cigarros e observei a porta. A certa altura, uma mulher de meia-idade de casaco marrom deselegante saiu com uma cesta no braço e seguiu pela calçada. Agora ela está sozinha, pensei. Devo controlar meu coração disparado, me recompor, descer do carro, atravessar a rua, bater à porta...

Demorou pelo menos meio minuto até que ela me atendesse. "Edward", disse — não friamente, mas com surpresa, curiosidade, um toque de irritação. E depois: "O que aconteceu com seu cabelo?". Eu não me lembro do que respondi. Pensara nela tantas vezes, desde nosso último encontro, que estar na sua frente me paralisou. Lembro-me de haver notado rugas finas nos cantos dos olhos — a pele continuava clara e branca como sempre, os olhos ainda brilhavam em sua luz líquida, mas eu não me lembrava daquelas rugas. Talvez tivesse sido o sol. O dia estava muito claro. O que ela viu? Um farrapo humano. "Posso entrar para falar com você?", falei.

Ligeira careta. "Acho que sim."

Ela me conduziu através do saguão. Andar atrás dela sempre me excitou, e não foi diferente naquele momento. Entramos num escritório de cortinas azul-claras, abajures com cúpulas de seda, tapetes ricamente trabalhados sobre o piso de madeira reluzente. Havia janelões no fundo que enchiam o local de luz solar. Na mesa de centro havia um vaso com tulipas cor de fogo. Em cima da lareira, uma caixa de cigarros prateada. Ela apanhou um e o acendeu. "Não posso lhe oferecer um chá, infelizmente", disse. "Iris saiu para fazer compras."

"Sei disso, eu a vi."

"Ah, Edward, o que você deseja? Sua presença aqui definitivamente não é muito conveniente."

A sensação de transgressão era tão forte que encontrei dificuldade para falar. Nunca consigo me expressar direito em situações de intensa emoção. "Você precisa saber de uma coisa. Talvez não faça diferença alguma, mas eu devo dizê-la."

Ela inspirou. Achava aquilo entediante. Via em mim um incômodo. Um chato. Desanimei. Não previa tamanha frieza de sua parte. Imaginei que fosse ficar brava, mas não distante. Cansada.

"E então?"

Como dizer? Como impressioná-la? Num certo sentido, não importava mais. Já sabia que não adiantaria nada. Ela ia me expulsar dali em seguida, mas eu estava *com* ela, e bastava. Furiosa, indiferente, desdenhosa — não fazia diferença. Era ela. "Não tem sido fácil para mim. Não tenho sido capaz de esquecê-la."

Ela estava sentada no sofá, meio virada na direção da janela, fumando, esperando. Sem olhar para mim. Uma série de sons distantes enchia a sala, um passarinho, o relógio, uma voz no jardim do vizinho. Aquilo a que chamamos de silêncio. "Tenho uma clínica na costa sul, agora", falei. "Tenho uma casa. Ganho bem." Nenhuma reação. Não falei que era viciado em morfina. "Vivo sossegadamente, dou duas consultas pela manhã e visito os pacientes à tarde." Nada. Meu Deus, o que eu estava dizendo? "Mas não sinto nada", exclamei. "Não encontro prazer em nada, não estou vivendo de verdade, só sei que você não está comigo e que todo o resto é vazio, inútil, morto, desprovido de significado." Parei e me dei conta de que estava na frente da lareira, com os braços erguidos, como um sujeito a discursar. Ela se virou para mim, e eu disse, com todo o amor que trazia no coração: "Você não quer vir morar comigo?".

Ela franziu o cenho. Inclinou-se para apagar o cigarro e se levantou. Encarou-me, balançou a cabeça de leve, como uma mãe que se diverte com a travessura do filho predileto. Pegou na minha mão. "Você não devia ter vindo aqui", disse calmamente. "Pode dificultar as coisas para mim. Nem pensou nisso, não foi?"

Senti-me um idiota. Não, nem sequer pensara nisso. Cego pela intensidade dos sentimentos, comportei-me de maneira desastrada, complicando a vida dela. "Achei que você não ia querer me ver, de outro modo."

"Provavelmente não."

Ela largou minha mão, deu-me as costas, sentou-se novamente no sofá. A luz do sol, vinda lá de fora, dava àquela sala um brilho acinzentado. "Lamento", falei.

"Sente-se", ela disse. "Querido, o que poderia acontecer? De verdade. Tanto segredo. Tornou-se muito cansativo contar mentiras. Isso suga a vitalidade da gente. Nunca dá em nada. Só insuflávamos as chamas, vivendo em tormento por não podermos estar juntos."

"Mas nós estivemos juntos!"

"Não, não estivemos. Você deve entender isso. O único modo de lidar com o amor é passar muito tempo juntos, com o mundo trancado lá fora, passando a noite inteira na cama, acordando juntos pela manhã. Só o que tínhamos era uma hora furtiva aqui e ali — e isso estava acabando conosco."

"Mas, o que poderíamos ter feito? Você não queria largar Ratcliff."

"Como sabe?"

"Perguntei."

"Não insistiu muito."

"O que quer dizer?"

"Você não tentou me tirar dele."

"Estou tentando agora!"

Ela ergueu a sobrancelha. "É mesmo?", ela disse, virando o rosto novamente. "E de que adiantam as palavras?" Levantou-se do sofá e percorreu a sala até chegar à janela, onde parou de braços cruzados, iluminada pelo sol, olhando para o jardim. Postei-me atrás dela, passei o braço por sua cintura e a apertei contra meu peito. "Ah, meu amor", murmurei, "meu coração..."

"Não, Edward." Ela se desembaraçou de mim agilmente, e afastou-se. "Acho melhor você ir embora."

"O que vou fazer? Agora você diz que eu deveria tê-la tirado dele!"

"Ah, talvez devesse, sei lá. Tivemos um caso. Já acabou. Vá embora — cuide de sua vida —, arranje outra pessoa. Lamento pelo que aconteceu a você, mas não há nada que eu possa fazer."

Desabei na poltrona e olhei para o chão, com os cotovelos nos joelhos e as mãos largadas. Aquelas palavras me devastaram. Passado um momento, ela gentilmente me ajudou a ficar em pé. Olhou para meu rosto com um ar preocupado e terno. "Você é um homem sensível", disse. "Sempre amei isso em você. É um médico de verdade, Edward, e isso é raro de encontrar. Arranje alguém para amar. Por favor, querido."

Balancei a cabeça.

"Mas é preciso."

A campainha tocou, nos afastamos. O encanto se quebrou, como se nos arrastássemos para fora de um poço negro e voltássemos à vida cotidiana. Ela saiu, fechando a porta atrás de si. "Entende o que quero dizer?", perguntou, ao voltar minutos depois, quando tentei segurar sua mão mais uma vez. "Não, você precisa ir embora. Por favor, Edward, eu insisto. Vá embora. E, por favor, não me visite novamente."

Na porta da frente ela pegou meu rosto entre as mãos e me beijou delicadamente nos lábios, por vários segundos. Em seguida, abriu a porta e saí. Fiquei no carro, fumando. Mais tarde, vi que saía; ela não me viu. Não a segui. Passei o dia ali sentado, vigiando a casa. Ela voltou no final da tarde. A noite caiu e a lua pálida, como uma garra, filtrava sua luz por entre os ramos das castanheiras. Voltei para Griffin Head com a impressão de ter feito um mal a mim mesmo, algo que servira apenas para atiçar as chamas de minha miséria. Mas adorei sentir o perfume dela em meus dedos.

Pouco depois da declaração de guerra eu soube de sua morte. Foi uma surpresa e um choque pavoroso. Era um sábado à tarde, eu estava sozinho na casa quando a carta de McGuinness chegou pelo correio. Fiquei parado no saguão, com a carta na mão, e depois coxeei pela passagem que dava na cozinha, sem motivo específico. A srta. Gregor havia lavado a louça e empilhado tudo em cima da pia, sobre um pano de prato, e — singular que eu me lembre logo disso, entre tantas coisas —, em vez de usar mais um pano para espalhar a louça, ela montou uma pirâmide precária de pratos e xícaras e copos e talheres. Só de olhar tive a impressão de que eles estavam a ponto de cair, de tão instáveis. O piso fora varrido e a mesa estava limpa, exceto por uma pilha pequena de cascas de ovo e de batata e outros detritos orgânicos no meio de uma folha de papel pardo. Aquilo me intrigou; não sendo jardineiro, precisei de alguns minutos para me dar conta de que aqueles restos eram destinados ao jardim; inicialmente, eu havia pensado numa espécie de oferenda.

Segui para a área de serviço e olhei para as botas de borracha, os regadores e as pilhas de jornais amarelados, depois saí e caminhei pelo quintal, passei pelo portão e segui o caminho na beirada do penhasco. A luz começava a ir embora. Parei e observei a luz outonal do sol no mar calmo, vi como ela se espalhava pela superfície como uma longa tira de gaze feita de incontáveis fragmentos e reflexos de luz, juntos no centro a formar um denso cobertor prateado e que só nas bordas se repartia em fragmentos. A dificuldade está na compreensão da atividade da luz na água, na identificação de um padrão no movimento constante das ondas, na interminável dança e transformação conforme a corrente erguia o cobertor de luz e depois caía, permitindo que se acomodasse uma vez mais — assim a mente anuviada se agarra a distrações.

Por quanto tempo fiquei ali, não sei. Depois de um período indeterminado percebi que amplas pinceladas de azul-claro e violeta convergiam para a massa informe de esplendor dourado que se via onde o sol se punha, enquanto lá no alto, flocada, com a ponta virada para o oeste, uma formação de nuvens em seta acabava de surgir. Passados alguns minutos, as faixas de azul e violeta deram lugar a um rosa que ganhou tons mais fortes quando o sol tocou o horizonte e desceu. Tive a impressão de acordar nesse momento; como a noite descia rapidamente, trilhei o caminho de volta à casa. Entrei pela área de serviço, batendo a porta dos fundos atrás de mim — e ouvi um barulho terrível na cozinha. A pilha de louça da srta. Gregor caíra da pia, espatifando-se no chão. Parei, olhei horrorizado para a bagunça e fui mancando depressa para o consultório. Foi nefrite, McGuinness disse. Falência dos rins. Ela passou algumas semanas doente, depois piorou. Morreu em St. Basil. Não dava para fazer mais nada.

Compareci ao enterro. O eco medonho da outra ocasião, o dia em que a vi pela primeira vez — a vi, conheci e amei! A igreja era a mesma — muitos dos presentes eram os mesmos —, e, sim, cheguei tarde, mas não acidentalmente; desta vez, não por ter passado a noite de plantão no pronto-socorro, mas sim porque eu sabia não ser bem-vindo. Esgueirei-me para dentro da igreja depois que o serviço fúnebre começou. Algumas cabeças se viraram, alguns rostos familiares — os Cushing estavam lá, McGuinness, os Piker-Smith. A diferença, porém, era a presença de muitas fardas. Quase todos os homens vestiam uniforme e um bom número de mulheres também (eu não: Pino me excluiu do serviço ativo), Ratcliff fazia parte do RAMC, e, a julgar pela visão parcial que eu tinha da frente da igreja, ele de cáqui era ainda mais ameaçador. Não considero funerais ingleses um incentivo para prantear alguém, mas aquele foi. Para mim. Não para qualquer outra pessoa, que eu soubesse, mas para mim. Chorei sem parar, sem procurar conter o fluxo das lágrimas, sem me importar com a opinião alheia. Fiquei ali parado, de chapéu na mão, a bengala enganchada no encosto do banco da frente, e deixei que as lágrimas escorressem livremente pela face.

Como é bom chorar, para um coração pesado! Eu já havia chorado muito por sua mãe, em diversos momentos e circunstâncias, porém não me recordo de ter me sentido tão limpo e fresco e *esvaziado* pelas minhas lágrimas como em seu funeral: expeli a dor, naquele dia. Estivera em choque desde o momento em que soube de sua morte, entende, e deixara de reconhecer plenamente o sofrimento. Agora ele saía de mim numa torrente quente, constante, que continuou a fluir mesmo depois que o caixão foi lentamente transportado pelo corredor ao som do *dies irae*. Ah, cortou-me como faca ver o féretro, pensar em seu corpo claro e perfeito — não mais, não mais perfeito, doente, isso sim, estragado e doente —, no entanto não pude desviar a vista, olhei com horror crescente conforme ele caminhava em minha direção — e aí vi você.

Eu o vi. Ou vi, entre os homens que carregavam o caixão, um jovem usando o uniforme de oficial-piloto da RAF, recentemente promovido, usando as asas. Um sujeito pequeno, de traços delicados, a cabeça escura baixa de pesar — soube que só podia ser o filho dela, percebi que olhava para você com intensidade feroz, com tanta intensidade que você sentiu o olhar e ergueu a cabeça, olhando por um instante direto em meus olhos — direto em minha *alma*! — antes de baixar a cabeça novamente. Você não se lembra do olhar que trocamos naquele dia; eu jamais o esqueci. Na tarde em que você entrou em meu consultório e disse "Creio que conheceu minha mãe", eu me lembrei, pois havia em seu rosto, naquele dia na igreja, uma expressão de sentimento que espelhava a minha, precisa e exatamente. Senti entre nós uma corrente de comunicação, e quando me retirei logo depois (não podia ficar ali, entre os presentes), foi isto que carreguei comigo, a lembrança de seu olhar e a sensação de que ele se repetia em minha própria experiência de dor e perda. Não, talvez você não se lembre conscientemente; mesmo assim, formou-se ali a base da amizade que erigimos em torno de sua memória, como um tabernáculo em torno do pão consagrado...

Mas isso demorou meses para acontecer. Primeiro viria o inverno, e tanto frio que tornou inesquecível aquela temporada! Foi o pior em quarenta anos, e certamente sentimos isso em Elgin. O gerador quebrou diversas vezes e o vento uivava em volta das janelas empenadas, precisávamos fechar quase toda a casa e utilizar aquecedores de parafina. Os quartos do lado do mar, inclusive meu escritório, eram frios demais para serem usados, embora eu ainda gostasse de ir lá tarde da noite, de sobretudo, para passar uma ou duas horas vendo o mar revolto a martelar o rochedo. A srta. Gregor passara muitos invernos em Griffin Head, mas nunca vira um tão frio quanto aquele, disse-me.

Sempre que tinha uma chance, eu ia até os solitários descampados de Elder Harbour, um braço de mar amplo criado pelas marés, repleto de pássaros. A maré entrava por um canal na praia de cascalho, deixando manguezais, brejos e pequenas correntes. O vento me cercava de uivos enquanto eu avançava, as gaivotas mergulhavam e piavam no céu, sob nuvens cinzentas baixas, e o cheiro do vento era de sal e peixe podre e mato. A srta. Gregor me contara a respeito de uma ressaca forte que encheu os manguezais no inverno, quando ela era criança, inundou uma fazenda do outro lado da estrada e afogou todos os porcos.

A ruína de um velho moinho assomava na extremidade oeste do local desolado; na face que dava para o mar, paredes de tijolo haviam desabado, e o madeiramento das pás estava quebrado ou lascado. Elas não viravam mais. Naquele moinho a rocha reniforme local costumava ser moída para a fabricação de cimento, e na areia em torno encontrei fragmentos dessa pedra, acinzentados, com finos grãos entremeados de veias amarelas translúcidas de cristais de calcita, que por algum motivo considerei bonitas, recolhi e levei de volta a Elgin. Mantinha uma delas sobre a mesa, e um velho me disse que o cimento feito com ela era tão duro que as brocas modernas se gastavam sem furá-lo, e a pintura não permanecia por muito tempo, mesmo se uma base aderente fosse aplicada primeiro. Morta. Morta. Mas não poderia ser o final (pensei), não era a mulher viva que eu amava, e sim seu espírito, inalterado e imutável. O que é a vida do corpo, em comparação com a vida do espírito? Seria fácil demais considerar sua carne uma pilha de matéria rançosa infestada de vermes, não só a dela, a de todos nós, você, eu, todos nós. A vida não é uma farsa esquálida se não oferecer um significado mais elevado do que isso...?

Continuei exercendo minhas funções, consultas pela manhã, visitas depois do almoço, consultas à tarde, de plantão à noite. Foi um inverno frio, Pino me atormentava muito. Minha necessidade de morfina para controlar a dor era por vezes intensa, mas nunca interferiu no exercício consciente de minhas obrigações. Sou um homem de caráter robusto, nunca permiti que meu julgamento ou competência fossem prejudicados. Mesmo assim, naquele inverno a necessidade foi aguda, fui forçado a aumentar a dose e mudar da injeção intramuscular para a intravenosa, para obter um efeito mais rápido. Mantinha um estoque da droga no consultório, num armário trancado a chave. Um inspetor do governo apareceu de surpresa, certa manhã, mas os livros estavam em ordem. Na verdade — como fiz questão de dizer a ele —, eu prescrevia bastante morfina aos pacientes, havia muitos idosos, entre os quais o câncer era comum. A tolerância à morfina em pacientes do gênero — Nan Hale-Newton era um caso típico — aumentava (disse-lhe) com o tempo, e rapidamente: não era raro que uma dose de dezesseis miligramas fosse aumentada para duzentos miligramas em questão de semanas. Por esse motivo, eu precisava de um suprimento adequado, e o fiscal da saúde ficou convencido de que não ocorria nenhuma prescrição ilícita.

Janeiro era o mês das tormentas, dos ventos fortes e mares bravios, e Elgin foi continuamente fustigada pelas tempestades. Numa noite agitada, ouvi barulho de vidro quebrado no andar superior, e subi para investigar. Havia cômodos lá em cima que eu não visitava desde meu primeiro dia na casa, aposentos nos quais Peter Martin ainda guardava móveis. Só uma das lâmpadas funcionava, no final da escada. Coxeei pelas tábuas empoeiradas que rangiam, examinando cada um dos quartos, nos quais os móveis cobertos de lençóis pareciam fantasmas gordos nas sombras. No quarto do canto, do final do corredor, dois vidros haviam sido derrubados pelo vento e se quebraram. Quando abri a porta, a ventania a pegou com força e a escancarou contra a parede, para depois uivar pelos corredores como se estivesse presa, a lutar pela liberdade. Não havia nada a fazer, até a manhã seguinte, mas não desci. Larguei o corpo numa poltrona coberta e passei várias horas ali, tamanha era a prostração que me tomava nas longas noites, nesse inverno.

Ocorreram muitas mortes naquele inverno. Vários pacientes idosos sucumbiram ao câncer, embora Nan Hale-Newton tenha agüentado firme. Jean Fig morreu. Ela me procurou logo depois do jantar desastroso, quando a menção do nome de sua mãe provocou um ataque de desespero apaixonado. Sob a luz clara do dia parecia ainda mais doente. A pele exibia um tom amarelo-esverdeado notável e as bolsas sob os olhos eram profundas e escuras como as minhas. Icterícia, talvez? Após a troca de algumas palavras corteses, perguntei a ela qual era o problema. "Odeio incomodar o senhor, doutor", disse, "provavelmente não é nada." Ela seria uma mulher bonita, lembro-me de ter pensado, se relaxasse um pouco. Por que era tão tensa, tão séria — seria por causa de Hugh? Para mim, ele sempre pareceu um sujeito perfeitamente afável. "Vivo cansada, mas não consigo dormir", disse. "E tenho ataques de diarréia, embora nunca saiba quando eles vão chegar." Provavelmente, como muitas mulheres de sua classe, ela sofria num inferno de desespero silencioso. "Vomito depois do jantar e tenho de ir ao banheiro cinco vezes durante a noite. Mas não sei o que há de errado comigo."

"Vamos começar pelo seu histórico, então", falei, esforçando-me para incorporar os modos de médico, diretos mas simpáticos, "e depois faremos um exame."

A história de Jean Fig não ajudou a entender seu problema. Doenças infantis costumeiras, uma fratura no metatarso aos dezenove anos quando um cavalo pisou em seu pé durante um espetáculo, casada aos vinte e três, sem filhos. "Por que não teve filhos?", perguntei.

"Não pudemos. Tentamos, mas não conseguimos. Não sei se a culpa é minha ou de Hugh. Ele diz que é minha, mas nunca explica por que pensa assim."

Pedi então que fosse para trás do biombo e se despisse. "Como assim? Tudo?", perguntou.

Quinze minutos depois ela estava sentada novamente na minha frente, do outro lado da mesa. Eu examinei, apalpei e ouvi o coração e os pulmões. Testei seus reflexos e tirei o pulso, que era um pouco rápido, mas fora isso não encontrei nada errado. "Provavelmente um ataque de gastrite", falei. Preparei um frasco de Mist Explo. "Volte aqui dentro de duas semanas, está bem?"

"O que é gastrite, exatamente, doutor Haggard?", ela disse, tirando algumas moedas da bolsa.

"Nada sério", falei. "Inflamação média da membrana mucosa do estômago. Deve melhorar em pouco tempo."

"É o que me faz sentir tanto cansaço?"

"Possivelmente." Atarraxei a tampa da caneta-tinteiro e tirei os óculos, esfregando os olhos. Não havia dormido.

"Olhe", ela disse, baixando a cabeça. "Vê? Estou perdendo cabelo."

Franzi a testa. Neurótica, provavelmente. Falta de sexo, falta de amor, excesso de desespero silencioso. Estava secando feito uma maçã esquecida numa fruteira. Impossível adivinhar, pensei, o que existe atrás da fachada do casamento inglês — não vi o exemplo de seus pais? Quantas torturas vis, refleti, quantas crueldades indizíveis foram liberadas depois que o último convidado saiu e a porta da frente se fechou, e a névoa de uma intimidade negra e pestilenta baixou mais uma vez! "Vamos ver o que acontece quando a gastrite melhorar", falei. Embora eu imaginasse igualmente possível que, após a saída do último convidado, irrompesse o êxtase, o amor sensual, alegre, vibrante. Cuidado, sinceridade e afeição. Improvável, mas possível. Fiz uma anotação no calendário sobre a mesa e nos levantamos. "Bom dia, senhora Fig."

"Bom dia, doutor Haggard. Obrigada."

Quando a vi novamente, não notei melhora alguma. A coloração amarelada da pele permanecia preocupante, e nada mudara na incapacidade de reter alimentos. Examinei-a outra vez, e de novo não encontrei nada de errado. Reforcei mais do que nunca a certeza de que seu problema não era físico, mas psicológico. Trouxe à baila delicadamente a questão do seu relacionamento com o marido. Era duro para ela ser franca comigo, porém depois de algumas sondagens admitiu que Hugh realmente se afastara dela, tornara-se um sujeito distante. Eles perderam a ligação construída durante anos, um vínculo que ela valorizava muito e considerava amor. "Tenho certeza de que é minha culpa", disse, "sinto-me doente o tempo inteiro, não tenho energia, estou perdendo cabelo — que marido sente vontade de voltar para casa e encontrar uma mulher assim?" A pobre mulher começou a chorar. "Estou me esforçando ao máximo", disse, "mas não adianta nada. Ele age como se eu não estivesse mais ali."

"E o sexo?"

"Sexo?"

A pergunta a embaraçou. Precisei pressioná-la. Finalmente, consegui que falasse. No passado, contou, eles faziam amor regularmente, três ou quatro vezes por mês, e sempre mostraram afeto físico um pelo outro, trocando abraços e afagos constantes. Todavia, isso tudo acabou, e ela pensava que sua doença tinha tanta responsabilidade pela situação quanto a negligência de Hugh: estava sempre tão cansada que não tinha energia nem desejo, sua única vontade era dormir. Mesmo assim, fizera um esforço, tentara em inúmeras oportunidades, apesar da exaustão, tomar a iniciativa para fazerem amor. Mas Hugh não mostrou o menor interesse. Ela supôs que ele andava preocupado com o trabalho, e o incentivara a conversar a respeito, contudo tampouco conseguiu extrair alguma coisa nesse sentido. Provavelmente era só uma fase que ele estava atravessando. Os homens eram criaturas estranhas, incompreensíveis, disse, e era tão difícil fazer com que dialogassem!

"Entendo."

Convenci-me inteiramente de que a ansiedade em relação ao casamento contribuía para abalar sua saúde, que por sua vez afetava o relacionamento com o marido — ela foi apanhada num círculo vicioso, a mente perturbada produzia sintomas físicos que ampliavam o problema original. E disse tudo isso a ela.

"Eu estou fazendo mal a mim mesma?", disse, em tom algo irritado. "Estou mandando meu cabelo cair? Estou amarelando minha pele?"

"Provavelmente sim", falei.

Por um momento, pensei que fosse me mandar para o inferno, mas não fez isso. Uma pena, provavelmente lhe teria feito muito bem. Vendi-he mais um frasco de Mist Explo e a mandei embora.

A condição de Jean Fig continuou a se deteriorar, e finalmente decidi, após consultar o marido, que era melhor interná-la numa clínica particular em Bognor Regis. Hugh a visitava nos finais de semana, mas seu estado piorou. Soube depois pelo superintendente que ela se recusava a falar com os médicos no período anterior a sua morte, alegando que nenhum deles sabia qual era a enfermidade que a debilitava. Uma tragédia. Ela foi enterrada no cemitério de Griffin Head, e fiquei mais comovido do que esperava em seu enterro. Hugh Fig sofreu de modo digno e viril.

Teria sido nefrite, pensei? Doença dos rins? Acho que era, com muita probabilidade.

Nesse meio tempo, a guerra foi declarada. Estávamos em guerra. Recordo-me de ter lido o jornal de manhã, durante o café, no dia 4 de setembro. A srta. Gregor não falou quase nada, como sempre, mas não era difícil adivinhar o que passava por sua cabeça. Gosto de um ovo quente no café, nos meses de outono e inverno, com meia fatia de torrada sem manteiga e duas xícaras de chá — assim como você, como pouco. Enquanto tentava ler o jornal naquela segunda-feira, fiquei de olho na srta. Gregor, presumindo que ela sentia o que o país sentia, pois sempre me parecera uma espécie de cata-vento nesses assuntos. Naquela manhã, percebi determinação e vigor no modo como pôs água no fogão para ferver — e colheradas de chá no bule — e como cortou o pão para a torrada. Estava ansiosa, pude ver, para fazer logo o serviço e se livrar do problema. Chega de esperar para ver, chega de torcer pelo melhor. Ela estava pronta para agir.

E você? Naquele tempo eu não tinha idéia de que nossas vidas confluíam inexoravelmente, embora naquela manhã tivesse havido algo, talvez, que me fez pensar em sua mãe com uma apreensão mais vívida do que a costumeira: ela parecia estar mais perto de *mim*, quando a guerra estourou, do que nas últimas semanas — seria isso uma premonição de sua morte iminente? Ou seria, especulo agora, o primeiro sinal indicativo de sua aproximação?

As pessoas mais velhas aparentemente não compartilhavam o estado de espírito reinante, a determinação de vencer que percebi na srta. Gregor. Eles se lembravam bem demais dos horrores de 1914-18. A insinuação da mortalidade pessoal tornava o prospecto de morte em massa repugnante — isso eu podia entender: as mudanças domésticas, os fins particulares tornam-se insignificantes numa epidemia. Os homens e mulheres idosos que vieram ao meu consultório naquela manhã achavam que uma doença nos afetava a todos, e o que mais os revoltava eram as calorosas boas-vindas; mas eles não possuíam nem a força nem a vontade de resistir. Depois, conforme circulava pela cidade para fazer as visitas do dia — e que lindo dia fazia, o tempo estava quente e claro, sem vento, naqueles primeiros dias de guerra —, vi um grupo de escolares evacuados de Londres na praia, crianças do East End, usando trapos, com rostos sujos e joelhos arranhados, gritando de prazer ao contato com a água fria das ondas — elas nunca tinham visto o mar antes. Adiante, soldados cavavam a praia para encher sacos de areia. Quando voltei para casa no final da tarde, a srta. Gregor estava atarefada, usando papel pardo, fita adesiva e alfinetes para cobrir as janelas dos aposentos que eu costumava ocupar à noite. Fiquei deprimido ao perceber que não poderia mais olhar pela janela do escritório, por isso decidi subir ao último andar e fazer minha observação noturna pelas janelas dos quartos de lá.

Na verdade, eu sei o que você estava fazendo quando a guerra estourou, pois você me contou. Praticando mergulhos de combate a mais de nove mil metros de altura, onde o oxigênio sibilava ao penetrar na máscara, vindo de um cilindro de aço negro atrás da proteção blindada da carlinga. Disparando a metralhadora no mar e levantando a espuma na água. Voando de noite e por dentro das nuvens, praticando manobras e táticas de batalha, conhecendo melhor os Spitfires — e como você amava os Spitfires! Jamais foi capaz de me explicar adequadamente a alegria de pilotar um Spitfire, mas creio que a compreendo. Você me disse certa vez que subiu a mais de oito mil metros através das nuvens, desmaiou, mergulhou mais de seis quilômetros e recuperou a consciência bem a tempo de sair do mergulho e subir de novo — em qualquer outra aeronave você teria sucumbido, disse. Cai o pano.

Meu segundo inverno em Elgin. Continuei a sustentar meu amor com a recordação de sua mãe, mas era difícil, naquelas longas noites frias, não prantear a mulher propriamente dita. Passei a assombrar Elgin com sua memória, assim mantinha vivo seu espírito. Tarde da noite eu escutava a voz dela no quarto do canto, no último andar, e, apesar do ar gelado que transformava meu hálito em fumaça, eu sentia, conforme avançava pelo corredor, mancando, vagas e inefáveis fragrâncias deixadas por ela, e quando abria a porta e entrava tinha certeza de que estivera lá. As sutis impressões de sua presença me permitiram sustentá-la, apesar de isso ser possível somente nas longas vigílias noturnas, quando outras presenças humanas não interferiam.

Durante o dia eu continuava a praticar medicina, ainda que sem muita eficiência, lamentavelmente. Naquele inverno não caíram bombas, embora sem dúvida as esperássemos. Quando soubemos o que acontecera a Barcelona, edifícios arrasados, ruas inteiras cheias de mortos e moribundos, o céu negro de aviões inimigos — mas não, as bombas não caíram, as únicas baixas de guerra que precisei atender foram provocadas pelo blecaute. Rara a noite em que alguém não caía da escada ou tropeçava numa bicicleta. Trouxeram um homem com a perna quebrada, conseqüência de uma queda da plataforma, na estação. Ainda bem que não vinha nenhum trem. Outro quebrou o nariz ao trombar com uma árvore. Tratando esses ferimentos durante o blecaute, eu não podia evitar pensar em sua mãe, no leito, em St. Basil, tendo você e Ratcliff na cabeceira. Qual foi seu derradeiro pensamento? Teria sido em mim? Teria ela chamado meu nome — seus olhos se voltaram para Ratcliff —, houve um movimento das sobrancelhas, um balançar de cabeça?

Querido James, por vezes penso que sua vinda a Elgin salvou minha vida. Aquele inverno longo e terrível em que ela morreu quase acabou comigo. Perdi-a pela segunda vez, fui duplamente abandonado, e não encontrava mais forças para prosseguir. Na noite em que desci o penhasco e corri pela praia no escuro — naquela noite decidi manter sua chama viva em meu coração, e me consolar com a poesia e as lembranças, as sombras e sobras do amor. Mas, depois que ela morreu, por vezes a chama definhava, e eu perdia a fé na viabilidade contínua de seu espírito. Então saía alucinado por Elgin, chorando meu desespero, minha fúria, meu penar, minha perda. Vou desistir da medicina, gritava — já prestei meu serviço, não posso fazer mais nada —, *non serviam*, já chega. Ah, foi um inverno frio, o mais frio de minha vida, e deveria ter marcado o final da história. A chama queimara com intensidade e depois fenecera; só restavam labuta e morte. Até você chegar. Sua vinda marcou o final daquela estação terrível e desoladora.

Sabia quem você era. Na tarde em que surgiu em meu consultório, soube quem era. Andara lendo Goethe — *Fausto*, lembro-me bem. "O eterno feminino nos guia para o alto" — muito profético! Mas, sim, eu sabia quem você era, já o vira no enterro dela — ah, a mudança que sua vinda provocaria em minha vida... A história ainda não terminara, afinal; havia ainda mais um capítulo a escrever, o floreio final, e por quê? Você, eis por quê; porque você veio. Você despertou sentimentos em mim que julgava jamais ser capaz de sentir novamente. A sombra manca que me tornei, com o coração partido, a bacia partida, esperanças partidas — eu tinha a impressão de estar saindo novamente à luz do dia, de voltar à verdadeira vida. O sangue correu em minhas veias, meu coração bateu de vida nova, havia energia e vigor em tudo o que eu fazia. A srta. Gregor comentou a mudança; disse que não me via tão disposto desde minha chegada a Elgin. Percebi que aprovava. Desagradava-lhe a melancolia, e os hábitos irregulares por ela provocados. Naquela primavera inteira você me visitou em Elgin, e eu acordava contente de manhã, nem mesmo o período de tempo ruim em junho conseguiu perturbar meu humor. Houve chuva e neblina, nuvens e trovões, todos serviram para incitar Pino a crises particularmente doloridas, com as quais lidei do modo costumeiro, mas até mesmo Pino eu podia tolerar agora com uma resignação benigna, com graça.

Sempre que eu ia à pista de pouso aproveitava a oportunidade para procurá-lo no alojamento ou no refeitório. A pressão em vocês, pobres rapazes, era palpável agora que esperavam a matança que sabíamos estar a caminho. Nas últimas semanas, os exércitos de Hitler varreram a Europa, esmagando toda a resistência, destruindo tudo o que se punha em seu caminho. A Holanda e a Bélgica caíram. A França foi derrotada em poucos dias. O medo de uma invasão na costa sul da Inglaterra passou a ser verbalizado com freqüência crescente. Primeiro, porém, viria o ataque aéreo, e o que vocês, rapazes, queriam acima de tudo era lutar. Tamanha coragem demonstraram, tamanho heroísmo — senti-me privilegiado por testemunhá-lo, embora nunca tenha dito isso, claro, pois não havia nada que vocês odiassem mais do que ser o que chamavam de "romantizados". No entanto, por que eu não podia romantizá-los? Vocês eram românticos no sentido original da palavra. Enfrentavam o inimigo em combate singular, homem contra homem. Eram galantes. Eram cavalheiros. Eram bravos. Por que não românticos? Eram cavaleiros do ar; e você, querido James, era o *meu* paladino, meu cavaleiro gentil, você era um dos bravos da raça desgraçada, cheio de nostalgia por algo por que valesse a pena lutar, alguma coisa pela qual valesse a pena morrer...

Para mim, porém, mais notável na época era a sensação de finalmente ter me libertado da dor. Meu espírito se elevava, e não apenas o meu; havia um novo sentimento no estrangeiro, eu o detectei na srta. Gregor, pois surgira, com a queda da França, a idéia de que agora estávamos sozinhos, uma atitude exaltada, curiosamente combinada com um desejo, embora enviesado e perverso, de que as coisas piorassem, que ficassem insustentáveis, até que nós, como povo, estivéssemos olhando para o abismo diretamente, para então reagirmos — parecia haver uma necessidade de confirmar que a situação era desesperadora antes que o esforço de resistência pudesse ser adequadamente despertado. Ah, aqueles foram dias extraordinários, e não fui menos afetado em meu estado de espírito do que qualquer outro, embora minha animação não fosse provocada apenas pela ameaça de invasão. Não, eu estava exaltado por diferentes razões, por razões minhas. Porque aquele foi o período no qual você me visitou regularmente em Elgin.

Depois — o desastre. James, eu tinha de perdê-lo também — era inevitável? Já tivera minhas premonições, e lançara a semente da inquietude, pois estava desesperado para fazê-lo voltar; mas não fui sábio. Você voltou, entretanto trazia no rosto uma expressão que eu nunca tinha visto, um ressentimento emburrado, infantil, tingido de raiva verdadeira. Você parou na frente da porta em Elgin tenso e rijo como uma mola, e eu o levei direto para o consultório. Era uma tarde quente e agradável de verão. "Toma alguma coisa?"

"Não, obrigado. Vim conversar a respeito do que disse sobre minha mãe."

"É?" Franzi o cenho, desviei a vista, ocupei-me com o cigarro.

"Sim. Você insinuou que ela não recebeu o tratamento adequado."

"Eu disse isso?"

"Foi a impressão que me deu."

"Não tive essa intenção, seguramente."

"Então por que falou que gostaria de ter estado com ela?"

"Não por temer que ela tenha sido tratada com incompetência."

"Por quê, então?"

"O que acha?"

Você me encarou furioso, e me lembrei — terrível recordação — da expressão de seu pai quando me atacou em St. Basil. "Você disse que doenças dos rins são ardilosas, difíceis de diagnosticar."

"E são mesmo."

"Então por que diria isso, se não fosse para insinuar que a trataram com incompetência?"

"Você acha que a trataram com incompetência?"

"Eu?" Você foi pego de guarda baixa.

"Sim, você. Não estava preocupado?"

"Se eu estivesse preocupado, falaria com meu pai."

"E?"

"Ele me disse que foi feito tudo o que era possível."

"Mas você não tinha certeza."

"Por que eu não deveria ter certeza?"

Dei de ombros. "Está tão bravo com isso, agora."

"Não acha que meu pai saberia, se houvesse algum meio de tratá-la?"

"Falou com ele novamente?"

"Sim, falei."

"E o que ele disse a meu respeito?"

"Ele disse..."

"O quê?"

"Que você não era o médico dela. Como poderia saber?"

"Aposto que disse mais do que isso. Creio que disse que eu não era confiável, que era mau-caráter, e que você não devia se envolver comigo."

Você me encarou, mas não disse nada.

"E mesmo assim você voltou para me dizer isso. Por quê? Porque suspeita que haja algo no que eu lhe disse. Você não está convencido de que seu pai lhe disse a verdade."

Aquilo estava indo longe demais. Você se levantou abruptamente, com o rosto em brasa, e saiu da sala. Droga! Droga, droga, droga! Eu o julguei mal — equivoquei-me em relação a seu envolvimento com Ratcliff. Um momento se passou e a porta bateu atrás de você. Fiquei ali sentado, fumando, até ser forçado pelo clamor a cuidar de Pino.

Três dias depois recebi a notícia que inconscientemente temi durante toda a primavera: você havia sido ferido. Estava no consultório cuidando de Pino quando recebi o telefonema. Era o ajudante da base aérea. "Esquadrilha B?" Gritei — era a sua esquadrilha. "Quem?"

Você.

Cinco minutos depois eu estava no carro, entrando na estrada costeira. O alarme que senti ao saber que era você — a veemência me surpreendeu. Na imaginação, vi o Spitfire capotando na pista, reduzido a pedaços, e você no meio das ferragens, arrebentado, moribundo. O ajudante me disse que a artilharia antiaérea na região de Dover estava muito forte, e que você fora atingido ao caçar um Dornier. "É muito sério?", perguntei.

"Ele saiu do avião sozinho", ele disse. "Mas não está saltitando."

A enfermaria da base era mais um entre os prédios pré-fabricados térreos agrupados nas proximidades do hangar. O salão principal contava com meia dúzia de leitos, três de cada lado; no fundo havia uma saleta na qual trabalhava o oficial-médico, e foi lá que eu o encontrei. Você estava parado na janela, e quanto entrei correndo notei o rasgo na sua calça, pouco abaixo da cintura, mas bem à direita da espinha. O sangue manchara o tecido em volta do ferimento. "James", gritei. "Você foi ferido!"

Você se virou na minha direção, rígido, ocultando a dor inegável. Seu rosto exibia linhas duras, tensas. "Só uma picada", você disse, lacônico.

"Vamos dar uma olhada nisso, então."

A maior preocupação nos ferimentos penetrantes é a coluna vertebral, o risco de danos à medula espinhal. Sua jaqueta saiu com facilidade, a calça também, mas a camisa e a cueca estavam presas ao ferimento pelo sangue seco, e eu precisei afastar cuidadosamente o tecido da carne, o que o levou a fazer outra careta. Sentei-me numa cadeira, você ficou de costas para mim, voltado para a luz, enquanto eu examinava o ferimento. Era estreito, profundo e irregular; pelo jeito um pequeno estilhaço penetrara na musculatura da parte superior da nádega, sem no entanto atingir o osso ou o tecido gorduroso, de modo que não havia perigo imediato de infecção. Seria preciso confirmar isso com raios X, claro, mas não achei que era o caso de me preocupar com tétano. Disse-lhe tudo isso. Havia um leito para exames na outra ponta da saleta. "Deite-se ali", falei, "para que eu limpe a ferida. Vou ter de dar uma injeção, infelizmente."

"Faça o que for preciso", você disse, subindo agilmente no leito enquanto eu preparava a seringa. Injetei o medicamento no músculo próximo ao ferimento; ao fazê-lo, notei que a textura de sua pele era igual à de sua mãe, tive a mesma sensação sedosa quando o toquei. Esperei um pouco, até que o analgésico fizesse efeito — para minha profunda irritação, o sofrimento atacou, inesperado e indesejado, e precisei me virar de lado, agüentar firme enquanto a onda passava através de mim. Depois de um momento, recuperei o controle e me concentrei com esforço no que estava fazendo. Logo estava dando os pontos na ferida, e, James, se estivesse costurando o rosto de uma linda mulher não tomaria tanto cuidado. Usei categute para a sutura inicial, depois costurei a pele com fio de seda e completei o serviço com pontos tão pequenos que em sua pele não haveria cicatriz. Foi um trabalho cansativo, demorado, mas se tivesse sido sua mãe na cama eu teria me esforçado ao máximo; não poderia deixar por menos, no seu caso. Duvido que seu pai fosse capaz de uma sutura tão elegante.

Finalmente, acabou. Você desceu e eu fui lavar as mãos. "Nada de voar por enquanto", falei, olhando de relance para seu reflexo no espelho acima da pia. Você estava atravessando a sala, arrastando os pés, os pontos precisos contrastavam com a pele branca de sua nádega. Você pegou o camisolão pendurado no gancho da porta e, apenas por um segundo, quando o vestia, vislumbrei pelo espelho a frente de seu corpo. Franzi a testa, vireime, peguei a toalha e enxuguei a mão. O que tinha visto me intrigara. Parecia haver alguma peculiaridade em seu pênis.

Naquela noite em Elgin pensei novamente no que tinha visto, e fiquei preocupado. Como médico, fiquei preocupado. Como homem, contudo, como *amigo*, fiquei magoado com a frieza e a hostilidade demonstradas por você. No entanto, pude pelo menos me consolar pensando que você teria de me ver mais uma vez, nem que fosse para tirar os pontos. Quando isso ocorresse eu o trataria, decidi, com cortesia profissional neutra e objetiva. Você poderia dar o primeiro passo para a reconciliação, como e quando isso lhe fosse conveniente. *Se* lhe fosse conveniente...

Eu estava no consultório quando você apareceu na sala de espera, alguns dias depois. Tinha as chapas de raios X na minha frente, sobre a mesa. Havia mesmo, como eu suspeitara, um fragmento de metal alojado na musculatura da nádega, mas não havia razão para retirá-lo, pois não apresentava risco de infecção. Acompanhei-o até o consultório e pedi que se despisse; ainda me sentia curioso sobre o que pareceu, na espiada que pude dar na enfermaria da base, uma ligeira anormalidade genital.

Você saiu de trás do biombo e eu o observei atentamente, conforme se deslocava pela sala. Pedi que ficasse parado no meio do consultório, em pé; o que vi, quando me levantei da escrivaninha, foi um jovem miúdo, pálido, perfeitamente formado, com cabelos pretos, ombros estreitos, quadris magros e uma ausência quase total de pêlos no corpo. Havia uma tendência ao infantilismo nos órgãos sexuais; havia também uma ligeira convergência dos membros inferiores na direção dos joelhos, uma ginecomastia talvez imperceptível a olhos que não fossem de um médico bem treinado, com ligeiro aumento do mamilo. Tudo sugeria instantaneamente um distúrbio glandular, o que era preocupante. Aproximei-me, franzindo a testa, puxei uma cadeira e o examinei de perto. Sua pele, notei novamente, era muito macia ao toque dos meus dedos. Dei particular atenção ao pênis, rechonchudo e mole como o de uma criança, e os testículos, segurando-os na mão em concha, sentindo seu peso. Síndrome de Fröhlich, quem sabe? Eles eram bem pequenos. Você se mostrou impaciente, de repente. "Já chega", disse. Levantei-me e você seguiu com passos duros para a mesa de exame, deitando-se de bruços. Naquele tempo eu não tinha um conhecimento profundo de patologia, embora soubesse que o choque e a contrariedade emocional violenta podiam produzir desordens no sistema endócrino. "Sofreu choques profundos ultimamente?", murmurei, enquanto removia os pontos.

Resmungo irritado de sua parte. "Nesta guerra não faltam choques."

"Ah."

Você estava vestido novamente, sentado à minha frente, do outro lado da escrivaninha. Disfunções endócrinas são ardilosas, e eu não tinha certeza do que aconteceria depois. Minha preocupação era que o caso pudesse escapar ao controle, e pensei que você deveria consultar um especialista. Mas quando mencionei a possibilidade você a descartou secamente, nem quis dar ouvidos à sugestão de uma ida a Londres. Disse, com certa impaciência, que a esquadrilha estava muito abaixo da condição ideal de combate; os novos pilotos tinham poucas horas de experiência em Spitfires, e precisavam de ajuda e supervisão constante; ademais, você disse, poucas defesas restaram àquela costa, além dos raros esquadrões que continuavam operacionais. Não era hora de ir a Londres para consultar especialistas, você disse. E para quê? Sentia-se ótimo. Não havia nada de errado com você, além de um pequeno estilhaço nas costas. Seu dever era permanecer em Griffin Head; quanto a isso, você foi inflexível.

Sem dúvida, eu compreendia sua necessidade de negar algo que deve ter sido extremamente perturbador para você, as mudanças inesperadas que ocorriam em seu corpo. Expliquei o funcionamento da glândula pituitária e a secreção de estrogênio; se a pituitária apresentava problemas, não se podia esperar para procurar ajuda especializada. Mas você não quis saber de conversa, cortou-me rispidamente antes que eu pudesse defender adequadamente meu ponto de vista. Só quando acabar, você disse. "O quê, a guerra?", gritei.

"Não", você disse. "A Batalha da Inglaterra."

A Batalha da Inglaterra. Pela primeira vez eu estava ouvindo aquela expressão. Agora que a Batalha da França estava encerrada, a Batalha da Inglaterra começava. Seria travada no ar, pois Hitler precisava atravessar o canal com seus exércitos sem ser molestado pela RAF para invadir a Inglaterra. Em primeiro lugar, ele precisava arrasar a RAF. Não deveria me surpreender com sua disposição para ficar e lutar. Punha a pátria em primeiro lugar.

Os dias seguintes não foram fáceis para mim. Dormia mal, acordava cansado, Pino me atormentava, não conseguia descansar. Passava muito tempo andando de um lado para o outro no escritório, nas longas vigílias noturnas, e de quando em quando descia pelo caminho nos fundos de Elgin para observar as luzes de vigia do alto do penhasco. Você não me saía da cabeça. Lembrava-me do chalé dos pilotos, pouco mais que um barraco, na verdade, com um fogão no meio e uma chaminé que saía pelo telhado, poltronas e sofás velhos trazidos de sótãos diversos, uma mesa com telefone, mapas e avisos pregados na parede. Nos dias quentes vocês levavam as cadeiras para fora e descansavam no gramado na beira da pista; nos outros, aglomeravam-se em torno do fogão com os pés para cima, lendo jornais ou romances, jogando xadrez, prontos para decolar quando o telefone tocava e vinha a ordem para ficarem a postos. Como era, para você? Outros só precisavam se preocupar com os Messerschmitts, a ameaça que enfrentavam estava claramente definida. O inimigo vinha do outro lado do canal, da Alemanha. No seu caso, não; você tinha um inimigo dentro de si, mas o que era ele, exatamente? Era Fröhlich, como eu suspeitava? A distribuição da gordura era certamente feminina, mas faltavam os depósitos na barriga e nas coxas comumente associados a Fröhlich. Talvez, arrisquei, a constante ansiedade da guerra experimentada por um piloto de caça pudesse causar perturbações tão severas a ponto de provocar mudanças visíveis nas características sexuais do corpo...

Passaram-se vários dias e você não veio me ver. Procurava-o sempre que ia à base, mas por algum motivo você nunca estava por lá. Então, certa tarde, bem quando eu saía da enfermaria, vi um Spitfire aterrissando. Reconheci seu avião, e depois que ele taxiou e parou coxeei pelo gramado para encontrá-lo. Você soltou o pára-quedas e saltou pela asa. Deu a impressão de que me ver o desagradava; cumprimentou-me com um movimento seco e deu-me as costas. "James", falei, no tom mais aprazível e cordial de que fui capaz, "por que não passa no meu consultório amanhã? Gostaria de examiná-lo novamente."

Você me ignorou. Começou a falar com o mecânico a respeito das armas. Insisti; não era minha responsabilidade seu bem-estar, agora? "Andei pesquisando um material que pode ser interessante para você."

"Amanhã estou de plantão", disse, ainda de costas para mim.

"Não podemos adiar isso por muito tempo", falei.

Finalmente, você se virou para mim. Tirou o capacete e começou a limpar as mãos num trapo sujo de óleo, irritado. "Olhe aqui, doutor", você disse — e seus olhos faiscavam de raiva! —, "vamos deixar esse negócio pra lá, entendeu? Estou me sentindo muito bem, tá?"

"Como quiser", falei. "Mas não posso acreditar que isso não o preocupe. Conversar poderia ajudar."

"Com certeza, não ajudaria em nada", você retrucou. "Agora, por favor, me dê licença, preciso cuidar do avião."

"Mas, James", gritei, "você está doente!"

Você se virou para mim. "Eu não, doutor", disse secamente. "Você está."

E foi tudo o que dissemos. Eu não pretendia pressioná-lo; pensei que o melhor seria deixar que fosse em frente com sua guerra, sem prestar atenção demasiada a algo que, afinal de contas, não ameaçava sua vida. Mas não pude deixar de notar que ocorrera um avanço, dava para ver pela pele, pela voz, pelo comportamento geral. Impossível saber o que estava sucedendo com o resto do corpo, precisava examiná-lo para descobrir, e duvidava que você o permitisse, no seu atual estado de espírito. Mas imaginava quanto o assustava ver seu corpo se comportar de modo tão estranho, e com toda a probabilidade ter de lidar com necessidades e desejos vindos do que você devia considerar uma criatura alienígena dentro de seu corpo.

Enquanto isso, ficava cada vez mais claro a todos que o controle do ar era a condição indispensável para a invasão. A Luftwaffe atacava a RAF dia e noite, no ar e no solo. Só quando a RAF fosse abatida se poderia tentar um desembarque na Inglaterra. Churchill declarara que o futuro da civilização dependia de vocês. Se falhassem, ele disse — ou seja, se a RAF fracassasse na missão de repelir o ataque aéreo alemão, abrindo caminho para um desembarque na costa sul —, o mundo sucumbiria no abismo de uma nova idade das trevas, tornada mais sinistra ainda à luz da perversão da ciência.

Foi assim, portanto, o final da breve fase idílica de nossa amizade. Vi-o menos ainda depois do início da Batalha da Inglaterra; você vivia em alerta de dois minutos, do amanhecer ao crepúsculo, e tinha pouca vontade de passar as noites em Elgin. Entendo o motivo. Você estava num estado de exaustão física e emocional tamanho que só pensava em dormir, e na companhia dos outros pilotos de caça, pois só eles compartilhavam os mesmos problemas. Mas nem todos. Só eu conhecia sua anomalia médica, o motim de suas glândulas descontroladas. Tarde da noite, eu estudava os livros existentes no escritório dos fundos, pensando em você, intrigado com o significado da doença que o tornava cada vez mais pálido, macio, calado. Finalmente, ficou claro para mim que eu havia deparado com um fenômeno patológico previamente ignorado pela ciência médica. O efeito no sistema endócrino era agudo, a pressão emocional contínua jamais fora adequadamente estudada, presumo que por falta de conhecimento das condições necessárias para seu surgimento — combates aéreos intensos em alta velocidade, por exemplo. Suspeitava que o medo — especificamente, o terror constante da morte súbita violenta — podia produzir, em indivíduos que demonstrassem certa predisposição, perturbações na glândula pituitária capazes de causar mudanças no corpo ligadas à secreção de hormônios. Era uma nova síndrome, talvez até uma nova doença, uma doença exclusiva da guerra moderna. Mas só poderia descrevê-la se você permitisse que eu o examinasse, levantasse o histórico, tentasse um tratamento — e isso, obviamente, você não estava disposto a permitir. Talvez, se deixasse que eu o examinasse mais uma vez, eu pudesse fazer um estudo de caso adequado e escrever uma monografia. Publicaria um relatório do diagnóstico e do tratamento da doença. *Batizaria* a doença, até — *doença de Haggard*? Mas, não — idéia ignóbil. Afastei-a da mente. Você estava sofrendo, isso era tudo, e meu dever era aliviar seu sofrimento.

Em agosto, o tempo melhorou. Tivemos um verão inglês claro, firme, quente, mas essas eram as piores condições para uma força aérea sobrecarregada, que sofria de falta de pessoal, cujos pilotos estavam à beira da exaustão. A cada dia, vocês decolavam, cinco, seis, sete vezes. O céu acima de Griffin Head exibia o xadrez da fumaça cruzada dos motores que se desenrolavam como ataduras enquanto os Spitfires combatiam os Messerschmitts que escoltavam os bombardeiros cujos alvos eram os campos de pouso no sul da Inglaterra. As baixas eram pesadas. A base foi atacada novamente, quando eu estava lá. Foi num daqueles dias quentes, sem nuvens, absolutamente tranqüilos — até que o aviso foi dado pelos alto-falantes: "Formação de numerosos bombardeiros inimigos aproximando-se de Griffin Head. O pessoal que não está envolvido no serviço ativo deve procurar abrigo imediatamente". Olhei para cima, mas não pude ver nada no céu azul-claro de verão. Por toda parte, na base, os homens procuravam abrigo. Um Spitfire passou por mim rugindo para decolar a favor do vento, e foi então que os vi, uma dúzia de sombras negras brilhando ao sol, vindo diretamente em nossa direção. Parei, fascinado, paralisado, hipnotizado — era o inimigo.

Ouvi então o guincho agudo da primeira bomba — caí em mim — e me atirei na grama, cobrindo a cabeça. Por entre os dedos vi o Spitfire decolar e me ocorreu que você poderia estar lá, pilotando o avião. Estava a uns dez metros do solo quando repentinamente foi catapultado para o alto, como se estivesse preso a um elástico, caiu de costas e deslizou pela pista de barriga para baixo. No instante seguinte fui atingido por detritos e ouvi alguém gritar, "Corra, pelo amor de Deus!". Olhei em torno, cuspindo a terra da boca, e vi o mecânico parado na porta de um abrigo, acenando nervosamente para mim. Nem sei como cheguei até lá. Meu primeiro pensamento foi a maleta preta, que ficara em algum lugar do campo; meu segundo foi para você, se estava ou não no Spitfire que se acidentara. Comecei a perguntar onde você estava, mas a gritaria e o sibilar das bombas que caíam impossibilitavam que alguém me escutasse. O ar ficou denso de pó e o abrigo tremia a cada explosão. Por vários minutos acreditei que você estava morto, e que em breve eu morreria também. O bombardeio, porém, parou. Houve um momento de profundo silêncio no abrigo, antes de sairmos para o ar fresco.

A pista de pouso fora destruída. Havia buracos em toda a sua extensão. Montes de terra por todos os lados. Um caminhão, ao lado do chalé dos pilotos, estava tombado de lado, com uma roda faltando. A fumaça subia pelo ar parado, silencioso. O Spitfire parara na metade da pista e lá ficara, de barriga para baixo, embora não tivesse explodido. A ambulância corria em sua direção. "De quem é o avião?", perguntei.

"De Johnny Hart, coitado."

"Certo", falei. Não era o seu! Então vi minha maleta, aparentemente intacta, em cima de um monte de terra. Manquei até lá, Pino uivava como as chamas em meus quadris. Não poderia fazer nada por Johnny Hart. Ele estava na cabina, inerte, com o pescoço quebrado. Só consegui pensar que poderia ter sido você. Poderia ter sido você. E depois: um dia seria você. Seria você. Talvez não assim, de cabeça para baixo com o pescoço quebrado, mas mergulhando no canal em chamas, morrendo num inferno de glória... A expectativa de vida dos pilotos durante a Batalha da Inglaterra não era grande.

Eu observava os holofotes durante a noite, perscrutando a escuridão, ouvia o rugir das metralhadoras. Por vezes, eu caminhava pelo quintal até a beirada do penhasco e no ar quente da noite olhava para o canal, na direção da costa da França, e sentia lá o demônio à espreita. Temia por você. Telefonava para a base todas as tardes e discretamente perguntava por você. Ia até lá em todas as oportunidades, e a marca do estresse a que estavam todos submetidos eram os gracejos cada vez mais rudes, à medida que a força diminuía. Vocês descansavam em poltronas gastas, com mapas enfiados nas botas, uniformes amarrotados e frouxos, sem colarinho e gravata, só um lenço de seda atado no pescoço. Vocês eram os cabeludos pilotos de caça, cínicos e corajosos, rudes, a última esperança da Inglaterra. E você, meu querido rapaz, você descansava ali também, como se fosse de sua natureza, lutando e sobrevivendo com os melhores entre eles, e só eu sabia quanto estava doente.

Não, você nunca mais veio me ver em Elgin. No início, não me importei, pois sabia contra o que lutavam, vocês todos. Depois encarei o fato de que havia mais do que isso em sua atitude, que você me evitava deliberadamente. O que tornou tudo pior foi sua hostilidade na base. Você sabia que meus olhos sempre o procuravam em primeiro lugar, quando eu entrava no chalé dos pilotos ou no refeitório, mas você não me encarava mais. Dava-me as costas como se eu fosse um estranho. Numa ocasião, você se acomodou na poltrona, estendeu as pernas, baixou o boné sobre os olhos e fingiu dormir. Nem mesmo se dava ao trabalho de disfarçar o bocejo. Mais tarde, quando eu pensava no assunto, dava-me conta do motivo que o levava a agir assim: estava bravo comigo porque eu *sabia*. De repente, você se mostrava arredio, fugia de mim, porque não podia admitir o constrangimento físico que a cada dia estava mais pronunciado, mais inescapável.

Era doloroso contemplá-o. Tornou-se óbvio para mim que você precisava desesperadamente tanto de tratamento como de alguém que o ouvisse com sensibilidade, pois necessitava de atenção e solidariedade. Para quem mais poderia se voltar? Para Ratcliff não, certamente. Mas eu poderia ter sido um apoio real, para você, porque tinha uma idéia do que enfrentava, compreendia o horror da situação. Olhei para o que a natureza havia me dado — não sou um homem alto, na verdade meu corpo é pouco maior do que o de uma criança, no entanto tenho cabeça de homem, de porte avantajado, com um topete enorme que sai da testa como o de Beethoven e só serve para enfatizar a desproporção de minha anatomia. Desde Pino, meu andar é vacilante, eu arrasto a perna, manco, minha pele é acinzentada e aquela mecha curiosamente branca brilha na testa como se fosse uma fonte de gelo. Quando penso que esta estrutura imperfeita e aleijada é a moldura para um espírito que arde prisioneiro, que arde com uma paixão e por vezes com uma grandeza que poucos homens conhecem, vejo que se trata de uma piada, um equívoco, e como resultado aprendi a cultivar a impotência como modo de vida, por assim dizer. Mas você! Você ainda é jovem — e lembro o que é ser jovem, estar em forma, forte, viver num corpo jovem. Quando um corpo jovem funciona corretamente, não há melhor lugar no mundo para se estar do que dentro dele.

Ah, mas eu também sentia falta de sua amizade— seria errado pensar em mim? Não desconhecia a perda e a solidão, Deus sabe quanto bebi em suas águas amargas após ter sido rejeitado por sua mãe. Perder você, entretanto, pouco depois de encontrá-lo — isso me desalentou desesperadamente. Lembro-me de quando parei em Elms e entrei para ver Nan Hale-Newton. Ela estava agüentando firme; embora tomada pelo câncer, não desistia, ainda não tomara todas as injeções, disse à perplexa filha Marjorie. Sempre me fez bem vê-la, admirava a ferocidade de sua determinação, a recusa a se render à escuridão enquanto quisesse. "Quando eu me sentir pronta, Haggard", ela me dizia, "só então partirei." Marjorie era uma enfermeira boa e dedicada; como resultado, estava virando solteirona, mas se Nan sentia alguma culpa por ser instrumento do definhamento progressivo da filha, nunca a expressou. "Aquela moça vai ficar para titia", dizia com desdém, depois que Marjorie saía do quarto e eu preparava a agulha.

"A culpa é sua", eu dizia (falávamos francamente, ela não tolerava outro tipo de conversa).

"Besteira. Marjorie tem idéias próprias. Ela que saia e vá viver sua vida. Ninguém a impede."

"Não, ninguém a *impede*."

"Ninguém é obrigado a fazer o que não quer."

"E o que aconteceria com você?"

"Eu?" — um resmungo disfarçado. "O que interessa o que acontecerá comigo? Uma velha com o pé na cova, que diferença eu faço?" Ela se recusava a reconhecer a responsabilidade de Marjorie.

Por isso, entrei em Elms certa tarde, depois de visitar a base aérea e ser cruelmente lembrado de que você me desdenhara. Marjorie me acompanhou até em cima e me deixou sozinho com a mãe. "Então, qual é o problema com você?" A voz se reduzira a um rumor áspero e seco, sem perder nada de sua autoridade, porém. As cortinas estavam fechadas, o quarto envolto nas sombras, completamente tomado pelo odor abrangente de um corpo doente, decrépito, havia muito inativo; o recipiente quebrado de uma chama ainda vigorosa. Seus olhos reluziam no fundo das órbitas, raras mechas de cabelos cinzentos e secos emolduravam o crânio com um halo. "O que se passa em sua cabeça, Haggard? Diga logo. Não, pode deixar que eu adivinho. É aquele jovem piloto que você arranjou."

Eu havia falado de você para ela. Não tudo, mas quem você era, quem foi sua mãe.

"Ele foi abatido?", perguntou. "Eu ouço o barulho. Eles se matando lá em cima."

Eu contei que você não tinha mais tempo para mim.

"Não admira! Por que ele deveria prestar atenção a um velho aleijado como você?"

Por algum motivo, não sei bem qual, fadiga talvez, aquilo foi demais. Não consegui reprimir o soluço. "Ah, pelo amor de Deus, homem", disse Nan Hale-Newton. "Vamos, cadê minha injeção? Estou aqui sofrendo um tormento dos danados e você fica aí se desmanchando feito gelatina."

Ela tinha razão. Abri a maleta preta. Pouco depois, ela já respirava pausadamente, de olhos fechados. Pino me atormentava, por isso quebrei outra ampola e aliviei minha própria dor. Fiquei ali sentado, ao lado da cama, respirando em uníssono com ela, o rosto suavizado pelo mesmo sorriso triste, até que Marjorie entrou, meia hora depois, para ver se estava tudo bem.

Uma coisa curiosa se deu quando eu saía de Elms. Desci com Marjorie e vi uma caixa grande de papelão no chão, cheia das roupas de Nan. Marjorie notou que eu olhava para a caixa e disse: "Para os que foram evacuados. Será que o senhor vai passar perto da igreja, doutor?".

"Como?" Eu estava paralisado — havia um casaco de pele na pilha de roupas usadas que *era exatamente da mesma cor do casaco de sua mãe.* Marjorie repetiu o pedido. "Sim", falei, "claro que vou."

"Alguém pode aproveitar essas roupas", ela disse. "Mamãe jamais as usará novamente."

Deixei a caixa de Marjorie na igreja, mas antes peguei o casaco de pele. Ele voltaria comigo para casa, para Elgin.

Eu costumava parar na beira da pista e observá-lo aterrissar. Via a tampa da cabina se levantar quando o avião parava, você olhava em torno, com os óculos de aviador erguidos por cima do capacete, e a faixa de seda em sua garganta flutuava animada ao vento. Que máquina formosa aquela, com sua elegância ilusoriamente frágil, suas linhas ardilosamente simples! A equipe de terra aguardava, com o carro de bombeiros e a ambulância a postos. Você desligava o motor e o Spitfire parecia flutuar em direção ao solo; depois você erguia o nariz só um pouquinho e pousava nas três rodas, deixando que o aeroplano deslizasse na pista e perdesse velocidade. Desligava o rádio e o suprimento de oxigênio, soltava o cinto de segurança e saltava, girando as pernas, para cair sobre a asa — é assim que eu me lembrarei de você, cerrando os olhos para o sol, na asa de um Spitfire, e apenas eu sabendo da bizarra transformação física em curso. Contudo, se me visse você saía andando na direção oposta.

Por que tanta crueldade? Seria somente porque eu conhecia sua condição? Talvez houvesse mais coisas, além disso. Talvez porque você era filho de sua mãe. Diariamente, tornava-se mais claro que eu precisava tomar uma atitude. Você sofria uma desgraça incomum, e só eu poderia aliviar sua dor. Era meu dever. Ah, mas aqueles eram tempos difíceis, comecei a sentir um profundo desânimo. Passei a achar que não conheceria nada além da perda na vida. Certa noite, estendi a mão para sua mãe, na escuridão — mentalmente, quero dizer, pois tornara-se um hábito, com o passar do tempo, sentir sua presença em minha lembrança e sentimento, mesmo que não na realidade física, quando eu estava sozinho e melancólico no final da noite —, e ela não estava lá! Ela não estava lá! Eu podia invocar a imagem da mulher, mas era uma lembrança vaga, rígida, desprovida de emoção — eu não sentia nada!

Nunca experimentara algo assim. Deixar de sentir — isso, sim, era perda, e me intrigou, assustou, desanimou. Estava no quarto do canto, em cima, no meio das poltronas cobertas de lençóis, observando a lua refletida no mar; usava o casaco preto de pele jogado sobre o ombro, fazia com que eu me recordasse dela, ajudava-me na identificação com seu espírito vivo — até agora! Deixei o quarto em grande pânico, desci as escadas em estado de alarme, atravessando a casa deserta. No escritório, procurei freneticamente na gaveta da mesa — não estava lá! Desci o lance seguinte, perna boa perna ruim bengala, cruzei o saguão e fui para o consultório, e, como pensei, encontrei-a na gaveta — a mosca-no-vidro. Parei em pé no consultório escuro e agarrei o vidro com força, e como eu esperava e rezava, ele começou a me gerar conforto, inicialmente na forma de uma dorzinha que aos poucos ganhou intensidade. A velha dor, a dor familiar. A fisgada, a dor aguda — era Pino a se lembrar, não eu, Pino a guardava na lembrança, com todas as emoções associadas —; Pino mantinha o espectro tênue mais próximo, a mantinha presa ao pino em meu quadril como uma substância plasmídea translúcida, vagamente brilhante, vacilante rumo à vida na escuridão, e me sentei na poltrona para pegar a maleta preta, aliviado ao perceber que a crise passara. Veio-me à mente a idéia de que a memória era menos uma faculdade da mente do que do corpo, pois com o alívio da dor de Pino a lembrança de sua mãe deixou de me atormentar com a saudade inútil.

Então, tive uma sensação mais peculiar e vívida: senti a presença dela. Não como já havia sentido, quando por força do devaneio intenso eu recuperava algo de seu perfume, o som de sua voz — naqueles momentos parecia haver apenas uma tênue e delicada membrana a separar a figura construída pela lembrança de sua presença real, só o mais leve dos véus. Não, não se tratava da invocação de sua mãe feita pela minha vontade, o que invariavelmente trazia lágrimas de frustração em seu rastro, conforme eu lutava contra minha incapacidade de romper o véu e transformar o fantasma em mulher — não era isso; era uma convicção tranqüila, desprovida de tensão, que se anunciava calmamente e me enchia da plena certeza de que ela ainda era viável no mundo, sim, e habitava o corpo do filho: ela havia voltado para mim.

Levantei-me da cadeira e joguei o casaco sobre os ombros, para me aquecer, e subi a escada até o último andar da casa, onde poderia ver o mar e tentar assimilar a idéia. A profunda semelhança física entre mãe e filho, sua feminilidade emergente — eu me equivocara bastante ao pensar exclusivamente em termos de distúrbio glandular. A explicação — *páthos* e *lógos* — não poderia abranger nem o começo do que estava sucedendo a você, a milagrosa mudança que se realizava por conta do movimento do espírito dela para dentro do seu corpo.

Foi uma longa noite, na qual ponderei tudo isso, mas no final consegui dormir algumas poucas horas. Ao acordar, todo o conjunto de idéias e esperanças desabou. Tudo parecia ser o mais delirante absurdo. O médico dentro de mim manifestou seu escárnio cético — movimento do espírito no mundo? Imaginação febril, obsessão erótica exacerbada pela morfina — o rapaz era vítima de uma doença glandular e sofria as agonias da confusão, como conseqüência —; era essa minha preocupação, minha única preocupação. Isso disse o médico. E nisso ele acreditou, dedicando-se à rotina diária.

Mas quando caía a noite eu não tinha mais tanta certeza. Observando os refletores que cortavam o céu negro, sentindo a pressão das idéias que pouco deviam às meias verdades cautelosas do empirismo, eu me convenci novamente de que a alma de uma mulher morta clamava o amante através do corpo do filho. Parei na frente da janela, usando o casaco de pele, e a vi olhando de volta para mim; então, soube que estava certo. Demorei várias horas para dormir e, quando finalmente apaguei, tive um sonho muito curioso

Havia um Heinkel com problemas no céu, acima de Griffin Head. Fazia parte do grupo que cruzara o canal escoltado por Messerschmitts. O esquadrão desfez a formação e atacou por trás, de cima, vindo do sol; os caças alemães iniciaram manobras evasivas, com mergulhos verticais e parafusos, tendo os Spitfires em sua cola. Ouvi o matraquear das metralhadoras e parei o carro (estava por algum motivo nos Downs) para descer e observar o céu ao norte, mas só pude ver trilhas de vapor. Os Heinkels, separados da escolta, rumaram para casa e em formação compacta seguiram no sentido da costa, a 3500 metros. Alguém, no caminho de volta para a base aérea — teria sido você? —, os viu e mergulhou direto em ataque frontal. Você mirou no mais lento e disparou as oito metralhadoras, em rajadas curtas seqüenciais. A fumaça começou a sair do motor a bombordo e o bombardeiro perdeu altitude. A cerca de 2500 metros ele soltou as bombas. Inutilmente; caiu no mar e afundou em segundos. Nenhum membro da tripulação conseguiu sair. As bombas caíram na periferia da cidade, e várias casas sofreram danos consideráveis. Uma delas foi Elgin.

O corpo tem a capacidade de adiar a dor, de entrar em choque imediatamente após um trauma. A mente funciona de maneira similar quando precisa se proteger de um golpe sentimental intenso demais. O que houve no sonho parece ser o que está acontecendo agora: minha reação inicial foi de estupefação. Duas horas antes eu havia saído de casa. Ao voltar, encontrei ruínas fumegantes. No início, não percebi a gravidade dos danos. Havia um silêncio lúgubre no ar, uma espécie de claridade aguda e trêmula. Parei no acesso, apoiado na porta do Humber, e observei a fachada da casa, que parecia quase intacta — as janelas haviam sido arrancadas, o telhado de ardósia fora atingido em cheio, mas a impressão inicial de solidez permanecia. Contudo, meus olhos se moveram lentamente para cima e se fixaram no esqueleto de vigas carbonizadas, estampadas contra o céu azul vespertino como ossos de uma criatura pré-histórica. Algumas ainda queimavam. Tudo estava tão quieto! Enquanto eu estava ali, algumas telhas deslizaram subitamente e caíram sobre os detritos, na parte interna, com um som semelhante ao retinir do aço. Dei-me conta da miríade de sons de Elgin, que cessavam e morriam, suspiros e gemidos quase humanos, rachaduras e desabamentos conforme as pressões eram redistribuídas, realinhadas. Ocorreu-me então que a destruição real acontecera no fundo, de modo que saí mancando para contornar a casa pela lateral, através daquele ar estranhamente trêmulo, imaculado, abrindo caminho entre o vidro estilhaçado, as telhas e a alvenaria.

Foi ali que a bomba caiu. Parecia que uma mordida enorme havia arrancado o fundo da casa. O pórtico, a cozinha dos fundos, a área de serviço, a cozinha principal, os quartos de cima — tudo estava destruído. A explosão derrubara as paredes, que caíram para fora. Pequenos incêndios crepitavam aqui e ali. Coisa estranha, o modo como o inconsciente funciona, pois eu não percebia a confusão, mas sim fragmentos da ordem. Partes rachadas do assoalho pendiam cambaleantes contra paredes desmoronadas, mas havia uma mesa no meio dos detritos com uma xícara e um pires intactos sobre ela. Havia uma pilha de jornais cuidadosamente amarrados com barbante. Havia um fogão e sobre ele uma panela com colher de pau, embora a panela estivesse cheia de telhas quebradas. Os pisos superiores desabaram e eu topei com parte da parede de meu escritório; pendurado no meio estava um quadro, intacto, de um caminhante em meio a um mar de névoa. Animado, abri caminho até lá, com a maleta preta na mão, ainda incrédulo, como se estivesse percorrendo o caminho rotineiro até a frente da casa para as consultas vespertinas. Aí eu vi o sapato da srta. Gregor.

Pino começou a uivar em meu quadril e precisei sentar. Achei uma cadeira da cozinha no meio do entulho e focos de incêndio onde me acomodei para abrir a maleta preta. Dissolvi um tablete numa colher de chá e consegui encher a seringa sem problemas, embora faltasse firmeza a minhas mãos. Momentos depois, recomposto, debrucei-me e peguei o sapato. As lágrimas brotaram. A fumaça subia em colunas cinzentas finas no ar límpido. Um sapato de mulher contém um romance. O da srta. Gregor era um sapato marrom sólido, bem gasto; ainda estava amarrado. Era largo no bico, pois ela tinha pé esparramado. Certa vez, peguei o sapato de sua mãe, numa tarde distante em Jubilee Road. O pé de sua mãe era esguio e miúdo, eram pés delicados. Seu tornozelo era delicado. Lembro-me de ter ajoelhado no tapete, na frente do aquecedor a gás, enquanto ela estava aninhada na poltrona, depois de ter feito amor, e descobrir a perfeição e a beleza dos pés e dos tornozelos. A certa altura, ouvi o esquadrão lá no alto. Durante as últimas semanas, sempre que ouvia Spitfires passando por cima da casa, mesmo que estivesse atendendo um paciente, eu pedia licença e seguia mancando pela passagem da cozinha, até a porta dos fundos, para sair e olhar para cima. Agora, novamente, ouvi o esquadrão, e me deslumbrei pensando que um dos pilotos tinha dentro do corpo esguio e andrógino um espírito corajoso e inocente, tinha beleza, juventude e esperança. Então, ergui os olhos; sentado numa cadeira de cozinha nas ruínas de Elgin, agarrado ao sapato de uma mulher morta, ergui os olhos para o céu e sonhei ter visto um anjo.

Um anjo — o que isso significava? O que sucedera comigo — estaria perdendo o juízo? Enlouquecendo devido à perda e começando a confundir a realidade com os produtos de minha imaginação deturpada pela dor? Chegar ao ponto de ver você, pobre rapaz doente, como um anjo — e você realmente parecia um, pelado, translúcido, com seios pequenos e genitália de menino, evanescente no céu diurno, rumando para o alto como um mergulhador que regressa à superfície, e *radiante* — seu corpo inteiro envolto em luz — me fez sentar na cama, agitado. Pino acordou comigo, e eu olhei sem ver, horrorizado, com as mãos cobrindo o rosto, para a porta fechada do quarto. O que estava acontecendo comigo? Levantei-me afoito, fiz a barba com pressa e desci até a cozinha; a srta. Gregor estava no fogão, derretendo um pouco de banha na frigideira. Vê-la me reconfortou. Larguei o corpo numa cadeira e tirei um cigarro do bolso. "Ovos, doutor?", murmurou.

Sobre a mesa vi o jornal e o bule de chá. "Por favor, senhorita Gregor", disse, olhando distraidamente as notícias da guerra.

"Lingüiça, doutor?"

"Como?"

"Lingüiça. Quer uma lingüiça?" Ela se virara e mostrava uma lingüiça de carne de porco rosada, grande. A idéia de comer era intolerável. Levantei-me cambaleante, saí da cozinha e manquei até o consultório. A manhã seria calma, felizmente nenhum paciente marcara consulta. Por volta do meio-dia, agora mais recuperado, ouvi a srta. Gregor empurrando a bicicleta para dar a volta na casa, e por impulso fui até o saguão, abri a porta da frente e, sem ser visto, observei-a montar no selim e pedalar pelo acesso. A visão me deu prazer, tanto quanto eu era capaz de sentir, mas não sei por quê; bem, suponho que fosse resíduo do que sentira naquele sonho, no qual encontrei o sapato nas ruínas de Elgin — alívio ao ver que a pobre mulher não havia morrido, afinal de contas, e, mais ainda, que se preocupava o suficiente com meu bem-estar para vir diariamente até Elgin.

Mais tarde fui de carro até Elms, para ver Nan Hale-Newton. Contei-lhe meu sonho. Ela nunca sofrera um bombardeio, disse, mas perdera casas, sabia como era doloroso. Apenas cimento e tijolo, no fundo, era sua opinião. Elgin não, contestei, aquela casa não era feita só de cimento e tijolo. Bobagem, zombou. Depois disse algo surpreendente: "Você deveria se casar com a mulher".

"Que mulher?"

"A governanta."

"A senhorita Gregor? *Casar* com ela?" Fiquei atônito. De onde afinal ela havia tirado uma idéia absurda daquelas?

"Ora, olhe para você mesmo. Está doente. Caindo aos pedaços. Nunca come. Vive choramingando por causa do rapaz. Case-se com a mulher, precisa de alguém para cuidar de você. Ela o aceitará, mas não por muito tempo. Case-se com ela enquanto é tempo." Depois ela suspirou. Sombras enchiam o quarto. "Estou cansada", disse. "Sonho com água." Disse que não sabia o que isso significava. Ficamos em silêncio.

Hesito em lhe contar o que sucedeu naquela noite. Levado pelo impulso irresistível de me aproximar de você, segui de carro até a base. Como participava voluntariamente da equipe médica, fui admitido pelo sentinela e estacionei o carro perto da enfermaria. Sabia onde era o alojamento dos pilotos; o que eu esperava fazer lá nem posso imaginar, fui simplesmente atraído até você, como uma mariposa pela luz. Ah, a noção hoje me arrepia — vejo-me a esgueirar-me pelas sombras do imenso hangar silencioso. Havia lua naquela noite, algumas nuvens, o que tornava difícil passar despercebido. Eu me vejo passando depressa por entre os Spitfires, na escuridão do hangar, uma figura miúda e manca de casaco preto de pele, em passo rápido percorrendo o vasto espaço de sombras e aviões. Saí pelo lado do hangar e fui para o alojamento, outra estrutura pré-fabricada com teto de zinco corrugado a reluzir fosco ao luar. Parei, ofegante, na sombra. Lá dentro, em algum lugar, eu sabia que você dormia. O que eu pretendia fazer, agora? Procurá-lo no escuro? Nem pensar! Eu estava louco, louco! Mas não recuei, não imediatamente. Sentei-me na grama, no escuro, apoiei as costas na parede, sentindo o vínculo com você no mero contato com o prédio onde dormia.

Voltei a Elgin nas primeiras horas da manhã, e fui para o consultório examinar a chapa de raios X. Por muito tempo, nem sei quanto, olhei para aquelas sombras, aqueles vagos ecos visuais de seu ser físico, e vi a silhueta nítida do seu estilhaço, o seu Pino, nosso elo material.

Na tarde seguinte fui dirigindo para a base, como de costume. Estacionei perto da pista e permaneci no carro, fumando. Vi várias decolagens, até que um ajudante se aproximou e perguntou se poderia ser útil. Tudo bem, falei. Ele me disse então, com certo tato, que minha presença deixava os pilotos inquietos. "Sabe como são supersticiosos", disse. "Importa-se, doutor?" Afastei-me da pista. Sabia onde você estaria, depois. Haveria uma festa do esquadrão no refeitório.

A temperatura estava amena naquele fim de entardecer. Holofotes vasculhavam a escuridão, a noite ganhava vida com o estrondo e o matraquear das armas pesadas. Caminhei pela praia, mancando de um lado para o outro com meu casaco de pele, revoltado em minha mente abalada contra a escuridão que tomava conta de tudo, enquanto o mar sibilava e murmurava nas areias de Griffin, e depois, exausto, sofrendo dores intensas, fui para o refeitório e vi que a festa já estava animada; os pilotos comemoravam. Mas a farra mal ocultava a fadiga, o desespero, até a histeria predominantes. Cinco, seis, sete vezes por dia vocês subiam. Perdiam pilotos a cada hora. A matança era implacável. Uma onda após outra, Dorniers, Heinkels, escoltados por Messerschmitts — já os vira, os aeroplanos negros a brilhar no sol, cruzes nas asas, avançando com firmeza, decididos a nos destruir —; eles eram a própria manifestação do demônio! Claro, havia furor na folia, entoava-se a canção da morte ao redor do piano.

Aproximei-me. Você percebeu que eu ia em sua direção. Ouso dizer que eu parecia absurdo a seus olhos, certamente parecia absurdo aos meus — uma figura trágica em escala reduzida, assim eu era, sofrendo as agonias dos malditos, mas para quê, exatamente? "Olá, doutor", você disse, desanimado, e virou-se para o bar.

"Olá, James." Meu anjo! Parei a seu lado e esperei que me servissem. Ofereci-lhe uma bebida, porém você recusou. Pedi um gim. Estávamos ali, no meio das vozes altas, gargalhadas, corpos grandes em uniformes azuis, mas parecíamos curiosamente isolados de tudo aquilo, você e eu. "James", falei, ocupando-me em acender um cigarro, sem fixar os olhos em você, "eu feri seus sentimentos?"

O cigarro foi aceso. Soltei a fumaça, tomei um gole de gim e só então o encarei. Você fitava as fileiras de garrafas atrás do balcão, não soube como interpretar sua expressão. Levou o copo aos lábios. "Entenda, estou apenas preocupado com seu bem-estar. Se me faltou tato, de algum modo..."

Suas sobrancelhas se ergueram uma fração.

"Se o alarmei desnecessariamente..."

Detectei um sorriso?

"Se lhe dei a impressão errada..."

Agora um delicado muxoxo de ironia.

"Sei que sim. Eu o amedrontei, posso ver isso. Não há necessidade, necessidade nenhuma. Temos várias possibilidades. Há tratamentos hormonais que posso prescrever. Precisamos conversar a respeito. Você precisa permitir que eu o examine novamente."

"Ah, não." Você falou com firmeza, com convicção inabalável. Finalmente olhou para mim. Voltou-se para mim, as finas sobrancelhas negras juntas num delicado franzir, a raiva anuviando os olhos escuros cristalinos, e disse: "Não sei o que imagina que eu tenha, mas posso garantir que *não há nada de errado comigo*".

Então era isso. Você ainda negava, fingia que não estava acontecendo nada. Negava, afastava a idéia da mente. Isso eu podia entender. "James", comecei — teria de falar com tato, teria preferido que o diálogo ocorresse em meu consultório, se você aceitasse —, "deixe-me explicar o funcionamento da glândula pituitária."

Você balançou a cabeça de leve e se virou para o bar. A doença avançava, isso era claro para mim, e por um momento quase perdi a compostura — fascinava-me ver seu uniforme, sabendo o que sabia sobre o corpo dentro dele. De repente — foi a coisa mais estranha, nunca acontecera nada do gênero antes —, de repente senti atração sexual por você, um ataque de *paixão*. Peguei meu drinque, passei a mão pelo cabelo, talvez tenha enrubescido de leve, não sei — senti tanta confusão naquele momento! Dei-me conta então de que riam às minhas costas, virei-me e vi um piloto avançar rebolando em minha direção, com uma das mãos nos quadris. Ele parou, espiou por cima do ombro e disse malicioso, para delírio dos presentes na festa: "Pode me examinar, doutor?". Pino uivou — virei-me para o bar, engoli o gim num gole só e pedi outro. Rapazes irresponsáveis. Olhei de soslaio para você, rapidamente. Afastava-se do bar com uma bebida na mão, um cigarro entre os dentes, uma mecha de cabelos negros caída sobre a testa, um esgar de desprezo.

Mais tarde, em Elgin, tranqüilo, não entusiasmado, mas finalmente tranqüilo, parei na janela do quarto do fundo do último andar e ouvi o troar dos canhões e o vi com os olhos da mente, na festa, perto do bar, com um lenço de seda prateado amarrado no pescoço. Foi a última vez em que o vi inteiro.

Os dias seguintes transcorreram numa espécie de torpor. Continuei a desempenhar minhas tarefas, os deveres que ainda restavam, e ia todas as tardes até a base aérea. Na região de Griffin Head haviam removido todos os sinais indicativos, todas as placas com os nomes das ruas, para confundir os alemães quando eles chegassem. E não precisávamos de que ninguém nos lembrasse de que eles desembarcariam na costa sul, quando viessem: Griffin estava na linha de frente. A cidade era uma cama-de-gato de minas e arame farpado; cilindros de concreto enormes haviam sido colocados nas ruas para impedir o avanço dos comboios inimigos, e havia sentinelas por toda parte, guarnecendo casamatas, muitos deles com duas metralhadoras. As barricadas erguidas para deter os alemães eram lamentáveis — amontoados de barris e troncos e camas velhas de ferro, e no cruzamento da estrada da costa com a rua principal a polícia descarregara uma montanha de vidro partido, como se aquilo fosse um sítio medieval. Disse à srta. Gregor o que pensava a respeito, e ela me alertou para não repetir isso para qualquer um; eu poderia levar uma multa ou ser preso por disseminar "alarme e derrotismo". Ouvi um homem dizer que seria ótimo quando o império acabasse — ele pegou um ano de cadeia. Em Winchester um funcionário lotado na casa paroquial foi denunciado como espião pela filha do pároco por não dar a descarga depois de usar o banheiro. A moça disse que o comportamento dele era "antibritânico".

Invasão. É isso o que acontece a uma comunidade ameaçada de invasão. Refleti sobre o que estava prestes a ocorrer conosco, enquanto fumava no carro na beira da pista de pouso, como seria quando eles chegassem. A noite caía quando o vi decolar pela sétima ou oitava vez naquele dia, o vi subir para o oeste, sumir no sol. Que lugar haveria para nós no Terceiro Reich?, pensei, um aleijado e você — um piloto doente corajoso e galante, dando a vida por uma causa perdida...

Eis o que eu imagino ter sucedido. Em formação, vocês toparam com eles a 5 500 metros de altura. Devido à imensa desvantagem numérica, viraram-se em direção a eles, manobraram e se afastaram numa curva ascendente radical, fazendo com que perdessem a vantagem em poucos segundos. O líder desferiu uma rajada no primeiro, que avançou em sua direção. Você percebeu que poderia pegá-lo. Intensamente concentrado, sem permitir que nada desviasse sua atenção, suando na testa, com os nós dos dedos brancos conforme segurava o manche com força e o virava para pegar o oponente em ângulo reto a fim de poder desferir a primeira rajada de quatro segundos, desviando em seguida — vendo, aliviado, que entrava na mira e estava no papo! Por um segundo ele pareceu parar, não se mexia; depois um jato de fogo vermelho subiu ao céu e ele desceu para o mar. Em seguida, uma confusão de máquinas voadoras zunindo, disparos sucessivos ruidosos, o brilho repentino do metal a refletir o sol poente. Mais um foi derrubado em chamas, à sua direita, enquanto um Spitfire passava dando meio parafuso. Você girava e virava e tentava ganhar altura quando viu mais um, que estava abaixo, subir afastando-se do sol. Por isso aproximou-se até trezentos metros e soltou uma rajada de dois segundos, vendo o revestimento da asa se soltar e fumaça preta sair do motor, mas ele não caiu. Furioso, você disparou novamente e enfim viu as chamas vermelhas subirem enquanto o avião sumia em espiral descendente. Bastou, aí, um momento de distração. Por quê? Sol nos olhos? Um arrepio de terror? Uma pontada de dor do seu estilhaço? Não importa: você sentiu uma explosão terrível, tão forte que arrancou o manche de sua mão e fez o avião inteiro tremer violentamente. Mas ele não pegou fogo, e você tomou o rumo de casa.

Com que carinho cuidadoso você levou aquele Spitfire de volta para Griffin Head! No que estava pensando? Poderia pensar em qualquer coisa, além da tarefa em suas mãos? Pensou em mim? A cabina só pegou fogo quando você estava aterrissando. Eu estava lá, esperando por você. Eu o vi em pé na cabina tomada pelas chamas, antes de cair, fui eu quem chegou lá primeiro e abafou as chamas com o casaco de pele. E eu, com a agulha e a ampola, suavizei a dor de um corpo queimado demais para sobreviver. Ironia final. Sim, eu o matei, mas o matei porque eu o amava. Para evitar seu sofrimento.

E agora você jaz em meus braços, e eu estou sentado acariciando sua cabeça queimada, uma cabeça chamuscada, ferida, preta, fedorenta, enquanto eles se aproximam de nós no crepúsculo. Apertado contra meu peito, de boca aberta, ávido por ar, olhando sem me ver — meu querido rapaz, o que foi que lhe fizeram? Você não poderia viver assim, a face queimada, cheio de infecções, toda a beleza destruída...

Ergui a vista e olhei para longe; lágrimas escorriam pela minha face. Sim, eles vinham, e o que gritavam, louco? Sim, louco — louco de amor...

Suas *mãos*, coitadas — como seu pai, você não usava luvas, e veja o que aconteceu com elas, parecem garras. Você tinha mãos tão lindas, as mãos de sua mãe...

Eles pararam a alguns metros e ficaram lá, em pé, estranhamente espectrais contra o poente, brilhando devido ao fogo do avião — e como faziam barulho! Fogo, gritavam — e não louco, *fogo*, fogo, o tanque de combustível ia explodir!

Então, com um choque violento, senti a súbita proximidade do espírito dela. Ela entrou novamente em seu corpo, penetrou naquele corpo moribundo arruinado, e, enquanto a paixão crescia e Pino uivava, com a mão livre procurei a agulha na maleta preta. Seus lábios negros se abriram, um suspiro, um soluço, uma palavra. Meu rosto se aproximou, o que você estava me dizendo? Encosto suavemente minha boca na sua e sinto sua língua contra a minha, tateio com movimentos rápidos até sentir na cabeça terrivelmente queimada a fresca doçura úmida da língua viva lá dentro...

ESTA OBRA FOI COMPOSTA PELA SPRESS EM ELECTRA E IMPRESSA
PELA PROL EDITORA GRÁFICA EM OFF-SET SOBRE PAPEL PÓLEN SOFT DA
COMPANHIA SUZANO PARA A EDITORA SCHWARCZ EM MAIO DE 2001